Sacher-Masoch
(1836-1895)

Leopold Ritter von Sacher-Masoch nasceu em Lemberg (atual Lviv, na Ucrânia), em 27 de janeiro de 1836, em uma família católica. O pai, Leopold Johann Nepomuk Ritter von Sacher, era funcionário público, chegando a chefe de polícia da cidade, e a mãe, Charlotte von Masoch, descendia da nobreza. Após a morte do tio materno, o último "Masoch" do sexo masculino, a família Sacher decidiu incorporá-lo para dar continuidade ao sobrenome.

Aos doze anos, Leopold começou a aprender alemão, língua na qual escreveria sua obra. Aos catorze, mudou-se com a família para Praga. Estudou direito, história e matemática, mas posteriormente abriria mão da carreira acadêmica para se dedicar à literatura e ao jornalismo. Sua obra de não ficção, que inclui diversos romances históricos, é reconhecida por valorizar minorias étnicas austro-húngaras e sua região natal e também por se posicionar contra o antissemitismo. Entre seus admiradores estavam Émile Zola, Henrik Ibsen e Victor Hugo.

Seu primeiro livro a ganhar destaque foi *Don Juan von Kolomea* (1866), mas seu projeto literário mais ambicioso não chegou a ser completado. *O legado de Caim* teria seis partes – das quais concluiu somente as duas primeiras –, cada uma delas dedicada a um tema: o amor, a propriedade, a guerra, o Estado, o trabalho e a morte, inspirado na Comédia Humana de Balzac. Das outras partes restaram apenas rascunhos. *A Vênus das peles*, escrita em 1869 e publicada em 1870, foi a mais célebre. Ao mesmo tempo um escândalo e um sucesso, o livro se tornou conhecido pelos estudos do psiquiatra alemão Richard von Krafft-Ebing – que popularizaram o ter[mo]
publicado como obra ind[ependente]

Em sua vida pessoal, Sacher-Masoch colocava em prática aquilo que transformou em literatura. Chegou até a assinar um contrato com sua amante, Fanny Pistor, que o transformava em seu escravo por um período de seis meses. Em 1873, casou-se com Angelika Aurora Rümelin, que escreveu diversos romances sob o pseudônimo de Vanda von Dunaiév, nome da heroína de *A Vênus das peles*, e Vanda von Sacher-Masoch.

O escritor passou os anos finais em Lindheim, Hesse, na Alemanha, onde morreu em 9 de março de 1895 de um ataque cardíaco fulminante.

SACHER-MASOCH

A VÊNUS DAS PELES

Tradução do alemão de
RENATO ZWICK

www.lpm.com.br

L&PM POCKET

Coleção **L&PM** POCKET, vol. 1329

Texto de acordo com a nova ortografia.
Título original: *Venus im Pelz*

Primeira edição na Coleção **L&PM** POCKET: novembro de 2020
Esta reimpressão: outubro de 2024

Tradução: Renato Zwick (Tradução baseada em *Das Vermächtniß Kains. Novellen*, 2ª tiragem, Stuttgart, Cotta, 1870, 1ª parte, vol. 2, p. 121-368)
Capa: Ivan Pinheiro Machado. *Ilustração*: iStock
Preparação: Mariana Donner da Costa
Revisão: Jó Saldanha

CIP-Brasil. Catalogação na publicação
Sindicato Nacional dos Editores de Livros, RJ.

S126v

Sacher-Masoch, Leopold von, 1836-1895
  A Vênus das peles / Leopold von Sacher-Masoch; tradução Renato Zwick. – 1. ed. – Porto Alegre [RS]: L&PM, 2024.
  208 p. ; 18 cm.   (Coleção L&PM POCKET, v. 1329)

  Tradução de: *Venus im Pelz*
  ISBN 978-85-254-3880-5

  1. Ficção austríaca. I. Zwick, Renato. II. Título. III. Série.

20-63130   CDD: 833
                 CDU: 82-3(436)

Leandra Felix da Cruz Candido - Bibliotecária - CRB-7/6135

© da tradução, L&PM Editores, 2019

Todos os direitos desta edição reservados a L&PM Editores
Rua Comendador Coruja, 314, loja 9 – Floresta – 90.220-180
Porto Alegre – RS – Brasil / Fone: 51.3225.5777

Pedidos & Depto. Comercial: vendas@lpm.com.br
Fale conosco: info@lpm.com.br
www.lpm.com.br

Impresso no Brasil
Primavera de 2024

Sumário

Nota sobre a tradução / 7

A Vênus das peles / 9

Nota sobre a tradução

A novela *A Vênus das peles* foi escrita em 1869 e publicada em Stuttgart pela editora Cotta em 1870 como segunda obra do segundo volume da primeira parte do ciclo novelístico *O legado de Caim*, que, conforme o plano do autor, teria seis partes, cada uma delas dedicada a um tema: o amor, a propriedade, a guerra, o Estado, o trabalho e a morte. Segundo o "andarilho", personagem-título do conto que faz as vezes de prólogo do ciclo, essas seis coisas teriam sido legadas à humanidade por Caim ao cometer o fratricídio primordial.

Das seis partes previstas, Sacher-Masoch concluiu somente as duas primeiras, cada qual com seis novelas; para as outras quatro, finalizou apenas novelas isoladas.

Quando do lançamento da primeira parte – segundo relata o autor num breve texto autobiográfico de 1879 –, a acolhida do público foi tão entusiástica que dentro de poucas semanas se fez necessária uma segunda tiragem.

Com a morte de Sacher-Masoch, em 1895, a vasta produção do autor começou a ser rapidamente esquecida. Contudo, a popularização do conceito de "masoquismo", forjado pelo psiquiatra alemão Richard von Krafft-Ebing, assegurou pelo menos a sobrevivência de *A Vênus das peles*, que, a partir de 1901, passou a ser publicada como obra independente em edições nas quais o texto sofreu intervenções no estilo (como a troca de pronomes por substantivos e alterações na pontuação) e cortes de conteúdo (a eliminação da meia dúzia de notas do autor).

A presente tradução se baseia num exemplar da segunda tiragem, conservando assim, na medida do possível, os elementos modificados e suprimidos nas edições posteriores da novela.

Renato Zwick

A VÊNUS DAS PELES

> "Deus o castigou e o entregou
> nas mãos de uma mulher."
> Livro de Judite 16: 7

Encontrava-me em amável companhia.

Sentada diante de mim, junto à maciça lareira estilo Renascença, estava Vênus, mas não, talvez, uma dama do *demi-monde* que sob esse nome fazia guerra ao sexo inimigo, como *mademoiselle* Cleópatra, e sim a verdadeira deusa do amor.

Estava sentada no *fauteuil* e atiçara um fogo crepitante cujo reflexo de chamas rubras lambia a face pálida de olhos brancos e, vez por outra, os pés, quando buscava aquecê-los.

A cabeça era magnífica, apesar dos olhos mortos de pedra, e isso também era tudo o que eu dela via. A divina envolvera seu corpo de mármore numa grande pele e, tremendo, se enrodilhara como uma gata.

– Não compreendo, minha senhora – exclamei –, na realidade não está mais frio, estamos há duas semanas na mais esplêndida primavera. A senhora está claramente nervosa.

– Agradeço por sua primavera – disse ela com voz pétrea e profunda, e espirrou de maneira encantadora logo depois, e duas vezes em rápida sequência –; realmente não consigo suportá-la e começo a compreender...

– O que, minha senhora?

– Começo a acreditar no inacreditável, a compreender o incompreensível. De súbito entendo a virtude feminina germânica e a filosofia alemã, e também não me admiro mais que no Norte não sabeis amar, nem sequer tendes uma ideia do que é o amor.

– Perdão, madame – repliquei exaltando-me –, realmente não lhe dei qualquer motivo.

– Ora, o senhor... – a divina espirrou pela terceira vez e deu de ombros com graça inimitável –, por isso também sempre fui amável com o senhor e até o visito de tempos em tempos, embora sempre, apesar de meus muitos casacos de pele, prontamente me resfrie. Ainda se recorda de quando nos encontramos pela primeira vez?

– Como poderia esquecê-lo – eu disse –, a senhora tinha então bastos cachos castanhos e olhos castanhos e uma boca rubra, mas a reconheci de imediato pelo talhe do rosto e por essa palidez marmórea... a senhora vestia sempre um casaco violeta de veludo guarnecido de peles.

– Sim, o senhor estava bem apaixonado por essa toalete, e como aprendia fácil!

– A senhora me ensinou o que é o amor, e o jovial culto que lhe devotei me fez esquecer dois milênios.

– E que fidelidade sem igual lhe tive!

– Bem, quanto à fidelidade...

– Ingrato!

– Não quero lhe fazer recriminações. A senhora é uma mulher divina, é verdade, mas ainda assim uma mulher, e cruel no amor como qualquer mulher.

– O senhor chama de cruel – respondeu vivamente a deusa do amor – o que é justamente o elemento da sensualidade, do amor jovial, a natureza da mulher de se entregar quando ama e de amar tudo o que a agrada.

– Haverá porventura maior crueldade para quem ama do que a infidelidade da amada?

– Ah! – respondeu ela –, somos fiéis enquanto amamos, mas vós pedis da mulher fidelidade sem amor e entrega sem prazer; quem é cruel aí, a mulher ou o homem? Vós, do Norte, dais muita importância ao amor e o levais muito a sério. Falais de deveres quando apenas deveríeis falar de deleite.

– Sim, madame, e por isso também temos sentimentos muito respeitáveis e virtuosos, e relações duradouras.

– E, ainda assim, essa nostalgia eternamente ativa, eternamente insaciada pelo nu paganismo – interrompeu-me a madame –, mas aquele amor que é a máxima alegria, a própria jovialidade divina, não serve para vós, modernos, filhos da reflexão. Ele vos traz desgraça. *Tão logo quereis ser naturais, vos tornais vulgares*. A natureza vos parece algo hostil, fizestes de nós, deuses risonhos da Grécia, demônios, fizestes de mim uma criatura diabólica. Só podeis me banir e amaldiçoar, ou, em delírio bacântico, vos sacrificar como vítimas diante de meu altar, e, se alguma vez um de vós teve a coragem de beijar minha boca rubra, peregrina por isso a Roma, de pés descalços e camisa de penitente, e espera flores da roseira seca, enquanto sob meus pés brotavam a todo momento rosas, violetas e mirtos, mas o perfume deles não vos alcança; ficai apenas em vossa névoa setentrional e vosso incenso cristão; deixai a nós, pagãos, descansar sob os escombros, sob a lava, não nos desencaveis, nossa Pompeia, nossas vilas, nossos banhos, nossos templos não foram construídos para vós. Não precisais de deuses! Passamos frio em vosso mundo! – A bela dama de mármore tossiu e apertou ainda mais a escura pele de zibelina em volta dos ombros.

– Agradecemos pela lição clássica – respondi –, mas a senhora não poderá negar que em vosso mundo jovial e ensolarado, exatamente como em nosso mundo nevoento, homem e mulher são inimigos por natureza, que o amor os une por breve tempo num único ser capaz de ter apenas um pensamento, uma sensação, uma vontade, para então desuni-los ainda mais, e – a senhora sabe melhor do que eu – quem não souber subjugar, mais que depressa sentirá o pé do outro em sua nuca...

– E, via de regra, é o homem que sente o pé da mulher – exclamou a sra. Vênus com escárnio petulante –, o que o senhor, por sua vez, sabe melhor do que eu.

– Sem dúvida, e justamente por isso não tenho ilusões.

– Quer dizer, agora o senhor é meu escravo sem ilusões, e, por isso, também o pisotearei sem piedade.

– Madame!

– O senhor ainda não me conhece? Sim, sou *cruel* – já que o senhor encontra tanto prazer nessa palavra –, e não tenho direito de sê-lo? O homem é o cobiçador, a mulher é a cobiçada, essa é toda a vantagem dela, porém é decisiva; devido à paixão dele, a natureza o entrega a ela, e a mulher que não souber fazer dele seu súdito, seu escravo e até mesmo seu joguete, e, por fim, traí-lo a rir, não é inteligente.

– Vossos princípios, minha senhora – interrompi indignado.

– Repousam em experiência milenar – respondeu a madame zombeteiramente, enquanto seus dedos brancos brincavam com as peles escuras –; quanto mais dedicada se mostrar a mulher, tão mais depressa o homem ficará insípido e despótico; porém, quanto mais cruel e desleal ela for, quanto mais o maltratar, quanto mais maliciosamente brincar com ele, quanto menos piedade demonstrar, tanto mais excitará a volúpia do homem, será por ele amada, adorada. Foi assim em todos os tempos, desde Helena e Dalila chegando até Catarina II e Lola Montez.

– Não posso negar – eu disse – que nada excita mais o homem do que a imagem de uma déspota bela, voluptuosa e cruel que alterna entre seus favoritos de maneira petulante e sem consideração ao sabor de seus caprichos...

– E que ainda por cima vista uma pele – exclamou a deusa.

– Como é que lhe ocorreu essa ideia?

– Ora, conheço suas preferências.

– Sabe que a senhora – interrompi-a – se tornou bastante coquete desde a última vez que nos vimos?

– Em que aspecto, se é que posso perguntar?

– No aspecto de que não poderia haver contraste mais magnífico para seu corpo branco do que essas peles de cor escura e que lhe...

A deusa riu.

– O senhor está sonhando – exclamou ela –, acorde! – e me segurou pelo braço com a mão de mármore. – Trate de acordar! – ressoaram suas palavras outra vez em profundíssima voz de peito. Abri os olhos com dificuldade.

Vi a mão que me sacudia, mas de súbito ela era castanha como bronze, e a voz era a arrastada voz de aguardente de meu cossaco, parado diante de mim em toda a sua altura de quase seis pés.

– Levante-se – continuou o valente –, isso é uma verdadeira vergonha.

– E por que uma vergonha?

– É uma vergonha dormir vestido e, ainda por cima, com um livro – limpou as velas queimadas até o fim e juntou o volume que escapara de minha mão –, com um livro de – ele levantou a capa – Hegel; além disso, está mais do que na hora de ir até a casa do sr. Severin, que nos espera para o chá.

— Um sonho esquisito – disse Severin quando terminei, apoiou os braços sobre os joelhos, o rosto nas mãos de veias finas e mergulhou em reflexões.

Eu sabia que agora ele não se mexeria por um longo tempo, que inclusive mal respiraria, e assim foi de fato; para mim, entretanto, seu comportamento nada tinha de estranho, pois há quase três anos tinha com ele uma boa amizade e me habituara a todas as suas extravagâncias. Pois extravagante ele era, impossível negar, ainda que nem de longe fosse o doido perigoso pelo qual o tomava não somente sua vizinhança, mas todo o distrito de Kolomýa. Para mim, sua natureza não era apenas interessante, mas – e por isso muitos também me julgavam um pouco doido – simpática em alto grau.

Tanto para um nobre e proprietário de terras da Galícia quanto para sua idade – mal passara dos trinta –, ele mostrava uma natureza surpreendentemente sóbria, uma certa seriedade, pedantismo até. Vivia segundo um sistema meio filosófico, meio prático que observava minuciosamente, por assim dizer de acordo com o relógio, e não só isso, mas, ao mesmo tempo, de acordo com o termômetro, o barômetro, o aerômetro, o hidrômetro, Hipócrates, Hufeland, Platão, Kant, Knigge e Lord Chesterfield; mas, apesar disso, era acometido às vezes por violentos ataques de passionalidade, em que fazia menção de atravessar a parede com a cabeça e todos saíam de bom grado de seu caminho.

Enquanto ele permanecia mudo dessa forma, o fogo, em contrapartida, cantava na lareira, cantavam o grande e vetusto samovar e a cadeira ancestral em que, balouçando-me, fumava meu charuto, e também cantava o grilo nas velhas paredes, e deixei meu olhar vagar pelos curiosos instrumentos, pelos esqueletos de animais, pelos pássaros empalhados, pelos globos, pelos moldes de gesso acumulados em seu quarto, até ficar casualmente preso a um quadro que eu vira vezes o bastante, mas que justo hoje, ao reflexo rubro do fogo da lareira, me provocava uma impressão indescritível.

Era um grande quadro a óleo pintado com o vigor e a intensidade de cores da escola belga, e seu tema era bastante singular.

Uma bela mulher, um riso iluminado na face delicada, com bastos cabelos atados num coque à moda antiga, sobre o qual o pó de arroz branco se achava como leve geada, descansava numa otomana apoiada sobre o braço esquerdo, nua numa pele escura; a mão direita brincava com um chicote, enquanto o pé descalço se apoiava negligentemente sobre o homem que jazia diante dela como um escravo, um cão, e esse homem, de traços marcantes mas bem formados, nos quais havia uma melancolia cismarenta e uma paixão devotada, que olhava para cima, para ela, com os olhos exaltados e ardentes de um mártir, esse homem, que fazia as vezes de escabelo para seus pés, era Severin, mas sem barba e, segundo parecia, cerca de dez anos mais jovem.

– *A Vênus das peles!* – exclamei, apontando para o quadro –, foi assim que a vi no sonho.

– Eu também – disse Severin –, só que sonhei meu sonho de olhos abertos.

– O quê?

– Ah, essa é uma história desagradável!

– Está claro que teu quadro ensejou meu sonho – continuei –, mas diz-me finalmente como é que ele teve um papel em tua vida, e talvez um papel muito decisivo, posso imaginar; mas espero que me contes o resto.

– Observa o par – disse meu singular amigo, sem atentar à minha pergunta.

O par era uma magnífica cópia da conhecida *Vênus ao espelho*, de Ticiano, da galeria de Dresden.

– Bem, o que queres dizer?

Severin se levantou e apontou com o dedo para a pele com que Ticiano vestira sua deusa do amor.

– Também aqui, *A Vênus das peles* – disse ele sorrindo sutilmente –; não acredito que o velho veneziano tivesse alguma intenção com isso. Fez simplesmente o retrato de alguma nobre messalina e teve a amabilidade de fazer com que o espelho em que ela examina seus majestosos encantos com fria satisfação lhe seja segurado por Amor, para quem o trabalho parece ser bastante aborrecido. O quadro é uma bajulação pintada. Mais tarde, um "conhecedor" qualquer do período rococó batizou a dama com o nome de Vênus, e a pele usada pela déspota, na qual a bela modelo de Ticiano provavelmente se envolveu mais por medo de um resfriado do que por castidade, tornou-se um símbolo da tirania e da crueldade que se encontra na mulher e em sua beleza. Mas basta; tal como o quadro é agora, ele nos parece a mais picante sátira de nosso amor. Vênus, que no abstrato Norte, no glacial mundo cristão, precisa se enfiar numa grande e pesada pele para não se resfriar...

Severin riu e acendeu outro cigarro.

A porta acabara de se abrir e uma loura bonita e fornida, de olhos inteligentes e amistosos, vestindo um vestido de seda negro, entrou trazendo-nos frios e ovos para o chá. Severin pegou um dos últimos e o abriu batendo com a faca.

– Será que eu não te disse que quero os ovos moles? – gritou ele com uma veemência que fez a jovem mulher estremecer.

– Mas, querido Sevtchu – disse ela receosamente.

– Que Sevtchu o quê – gritou ele –, tu tens é que obedecer, obedecer, entendeste? – e tirou o *kantchúk** do prego, pendurado ao lado de suas armas.

A bela mulher saiu correndo do aposento rápida e medrosamente feito uma corça.

---

* Longo chicote de cabo curto.

– Espera só que ainda te pego – gritou atrás dela.

– Mas Severin – eu disse, colocando a mão no braço dele –, como é que podes maltratar a bela e pequena mulher desse jeito!

– Vê bem essa mulher – replicou ele, enquanto piscava os olhos humoristicamente –, se a tivesse adulado, ela teria jogado o laço em meu pescoço, mas assim, porque a educo com o *kantchúk*, ela me venera.

– Ora!

– Ora coisa nenhuma, é assim que se deve adestrar as mulheres.

– Por mim, podes viver como um paxá em teu harém, mas não me apresentes teorias...

– Por que não? – gritou ele com vivacidade. – A nada se aplica mais perfeitamente aquela máxima de Goethe, "Tens de ser martelo ou bigorna", do que à relação entre homem e mulher; a sra. Vênus também admitiu isso de passagem no teu sonho. Na paixão do homem repousa o poder da mulher, e ela saberá aproveitá-lo se o homem não se acautelar. Ele tem apenas a escolha entre ser o tirano ou o escravo da mulher. Se ele se entregar, sua cabeça já está no jugo e ele sentirá o chicote.

– Curiosas máximas!

– Nada de máximas, mas experiências – replicou ele assentindo com a cabeça –, *fui chicoteado a sério* e estou curado, queres ler como?

Levantou-se e tirou da escrivaninha maciça um pequeno manuscrito, que colocou diante de mim sobre a mesa.

– Perguntaste antes a respeito daquele quadro. Há muito já te devo uma explicação. Aí está, lê!

Severin sentou-se junto à lareira, de costas para mim, e parecia sonhar de olhos abertos. Havia silêncio outra vez, e o fogo na lareira, o samovar e o grilo nas velhas paredes tinham voltado a cantar, e abri o manuscrito e li:

Confissões de um suprassensual

À margem do manuscrito, como epígrafe, havia uma variação dos conhecidos versos do *Fausto*:

Suprassensual, sensual pretendente.
Uma mulher te ludibria!

Mefistófeles

Virei o frontispício e li: "Reuni o que segue a partir de meu diário daquela época, pois nunca se consegue apresentar o próprio passado imparcialmente; assim, porém, tudo tem suas cores frescas, as cores do presente".

*

Gógol, o Molière russo, diz em algum lugar – onde, afinal? – que "a autêntica musa da comédia é aquela cujas lágrimas escorrem sob a máscara risonha".

Um dito magnífico!

Assim, meu estado de ânimo é bastante peculiar enquanto escrevo isto. O ar me parece cheio de um provocante aroma de flores que me entorpece e me dá dores de cabeça, a fumaça da lareira se encrespa e se aglomera em figuras, em pequenos duendes de barba cinza que apontam zombeteiramente seus dedos para mim, cupidos bochechudos cavalgam o encosto de minha cadeira e meus joelhos, e tenho de sorrir involuntariamente, tenho de rir alto, enquanto escrevo minha aventura, e, contudo, não escrevo com tinta comum, e sim com o sangue vermelho que goteja de meu coração, pois todas as suas feridas há muito cicatrizadas se abriram e ele palpita e dói, e, aqui e ali, cai uma lágrima sobre o papel.

Indolentes arrastam-se os dias no pequeno balneário dos Cárpatos. Não vemos ninguém e por ninguém somos vistos. Esse é o tédio de que se precisa para escrever idílios. Aqui eu teria o ócio para fornecer uma galeria de pinturas, para abastecer um teatro com novas peças por uma temporada inteira, uma dúzia de virtuoses com concertos, trios e duos, mas – o que estou dizendo! – não faço por fim muito mais do que estender a tela, alisar as folhas, traçar as linhas para as partituras, pois não sou – ah, nada de falsa vergonha, amigo Severin; mente para os outros, mas não consegues mais mentir direito para ti mesmo –, como dizia, não sou mais que um diletante; um diletante na pintura, na poesia, na música e em mais algumas outras das chamadas artes que não garantem o pão, artes que hoje em dia asseguram a seus mestres a renda de um ministro, até de um pequeno potentado, e, sobretudo, sou um diletante na vida.

Até agora vivi como pintei e poetei, isto é, nunca fui muito além da primeira camada de tinta, do plano, do primeiro ato, da primeira estrofe. Há dessas pessoas que começam tudo e no entanto nunca levam nada até o fim, e eu sou uma dessas pessoas.

Mas o que estou aí tagarelando!

Aos fatos.

Estou recostado em minha janela e, no fundo, acho infinitamente poético o ninho em que me desespero; que vista para a alta parede azul das montanhas, envolta pela névoa que o sol tinge de dourado, pela qual serpenteiam corredeiras como fitas de prata, e como é claro e azul o céu em que se elevam os cumes nevados e como são verdes e frescas as encostas cobertas de florestas, as pradarias em que pastam pequenos rebanhos e que descem até as ondas amarelas dos trigais em que os ceifeiros estão parados e se abaixam e voltam a emergir.

A casa em que moro se encontra numa espécie de parque, ou bosque, ou matagal, como se quiser chamá-lo, e é bastante isolada.

Moram nela apenas eu, uma viúva de Lvóv*, a proprietária da casa, madame Tartakovska, senhora pequena e velha que fica mais velha e menor a cada dia, um velho cão que manca de uma perna e um gato novo que sempre brinca com um novelo de linha, e esse novelo, acho, pertence à bela viúva.

Dizem que é realmente bela, essa viúva, e ainda muito jovem, no máximo 24 anos, e muito rica. Ela mora no primeiro andar, e eu, no térreo. Ela mantém as persianas verdes sempre fechadas e tem uma sacada inteiramente coberta por trepadeiras verdejantes;

---
* Lemberg.

eu, em contrapartida, tenho embaixo meu estimado e tranquilo caramanchão de madressilvas, onde leio e escrevo e pinto e canto como um pássaro nos galhos. Tenho a visão da sacada. Às vezes realmente olho para lá, e então, de tempos em tempos, vislumbro um traje branco em meio à densa rede verde.

No fundo, a bela mulher lá de cima me interessa muito pouco, pois estou apaixonado por outra, e de uma maneira extremamente infeliz, ainda muito mais infeliz do que o cavaleiro Toggenburg ou o cavaleiro em *Manon Lescault*, pois minha amada é de pedra.

No jardim, na pequena selva, há um pequeno prado gracioso no qual pastam pacificamente algumas corças domesticadas. Nesse prado há uma escultura de Vênus feita de pedra, cujo original, acho, está em Florença; essa Vênus é a mais bela mulher que vi em minha vida.

Isso por certo não quer dizer muito, pois vi poucas mulheres belas, e até poucas mulheres em geral, e também no amor sou apenas um diletante que nunca foi além da primeira camada de tinta, além do primeiro ato.

Mas para que, afinal, falar usando superlativos, como se algo que fosse belo ainda pudesse ser excedido!

Basta; essa Vênus é bela e a amo, tão apaixonadamente, de uma forma tão morbidamente profunda, de um modo tão insano como só se pode amar uma mulher que retribui nosso amor com um sorriso eternamente igual, eternamente plácido, pétreo. Sim, realmente a adoro.

Muitas vezes, quando o sol pesa sobre o bosque, deito-me sob o teto frondoso de uma faia jovem e leio; muitas vezes, também visito minha fria e cruel amada durante a noite e fico de joelhos diante dela, a face pressionada contra a pedra fria sobre a qual descansam seus pés, e faço-lhe uma prece.

É indescritível quando então a lua nasce – ela está justamente na fase crescente – e flutua entre as árvores e mergulha o prado em esplendor prateado, e a deusa se encontra então como que transfigurada e parece se banhar na luz suave.

Certa vez, ao voltar de minha prece, seguindo por uma das aleias que conduzem à casa, vi de súbito, apenas separada de mim pela verde galeria, uma figura feminina, branca como pedra, iluminada pela luz da lua; foi para mim como se a bela mulher de mármore tivesse se apiedado de mim e ganhado vida e me seguido – porém, fui tomado de um medo inominável, o coração ameaçava rebentar e, em vez de...

Bem, sou um diletante, afinal. Estaquei, como sempre, no segundo verso; não, pelo contrário, não estaquei, corri, tão rápido quanto pude correr.

*

Que coincidência! Um judeu que negocia fotografias coloca em minhas mãos a imagem de meu ideal; é uma folha pequena, a *Vênus ao espelho*, de Ticiano; que mulher! Quero compor um poema. Não! Pego da folha e nela escrevo: *A Vênus das peles*.

Sentes frio, enquanto tu mesma chamas provocas. Envolve-te em tuas peles de déspota; a quem convêm senão a ti, deusa cruel da beleza e do amor!...

E, um momento depois, acrescentei alguns versos de Goethe que encontrara recentemente em seus paralipômenos ao *Fausto*.

A Amor!
Embuste é o par de asas,
As setas são garras,
Os chifrinhos são ocultados pela grinalda,
Ele também é, sem qualquer dúvida,
Como todos os deuses da Grécia,
Um diabo disfarçado.

Então coloquei o retrato diante de mim sobre a mesa, apoiando-o num livro, e o contemplei.

O frio coquetismo com que a magnífica mulher envolve seus encantos com a escura pele de zibelina, o rigor, a dureza que se acham na face de mármore me fascinam e ao mesmo tempo me instilam pavor.

Tomo novamente a pena; eis o que escrevo:

"Amar, ser amado, que felicidade! E, contudo, como empalidece o brilho dela em comparação com a torturante bem-aventurança de adorar uma mulher que nos faz de joguete, de ser o escravo de uma bela tirana que nos pisoteia atrozmente. Mesmo Sansão, o herói, o gigante, entregou-se mais uma vez nas mãos de Dalila, que o traíra, e ela o traiu mais uma vez e os filisteus o amarraram diante dela e lhe vazaram os olhos, que ele, ébrio de fúria e amor, manteve fixos na bela traidora até o último momento."

*

Tomei o café da manhã sob meu caramanchão de madressilvas e li o Livro de Judite e invejei o colérico pagão Holofernes pela régia mulher que lhe decepou a cabeça e pelo seu fim sangrentamente belo.

"Deus o castigou e o entregou nas mãos de uma mulher."

A frase me aturdiu.

Quão pouco galantes são esses judeus, pensei, e o deus deles bem que poderia escolher expressões mais dignas quando fala do belo sexo.

"*Deus o castigou e o entregou nas mãos de uma mulher*", repeti comigo mesmo. Bem, o que será que preciso fazer para que Ele me castigue?

Pelo amor de Deus! Aí vem a proprietária da casa; da noite para o dia ela se tornou, mais uma vez, um pouco menor. E lá em cima, entre as verdes trepadeiras e correntes, outra vez o traje branco. Será Vênus ou a viúva?

Desta vez é a viúva, pois madame Tartakovska faz uma reverência e, em nome dela, me pede algo para ler. Corro a meu quarto e apanho alguns volumes a toda pressa.

Recordo-me tarde demais que minha fotografia de Vênus está entre as páginas de um deles, agora ela está com a mulher branca lá de cima, junto com minhas efusões. O que dirá a respeito?

Ouço-a rir.
Rirá de mim?

*

Lua cheia! Eis que ela já espia sobre as copas dos pinheiros baixos que emolduram o parque, e uma névoa prateada enche o terraço, os grupos de árvores, a paisagem inteira até onde o olho alcança, desvanecendo-se suavemente na distância qual águas trêmulas.

Não posso resistir, isso me incita e me chama tão estranhamente, volto a vestir-me e entro no jardim.

Sou atraído ao prado, a ela, à minha deusa, à minha amada.

A noite está fria. Sinto arrepios. O ar está pesado do cheiro das flores e do mato, ele embriaga.

Que solenidade! Que música em volta. Um rouxinol soluça. As estrelas cintilam apenas de leve num reflexo azul pálido. O prado parece liso como um espelho, como a camada de gelo de um lago.

Sublime e brilhante se ergue a escultura de Vênus.

Mas... o que é isso?

Dos ombros marmóreos da deusa desliza até as solas dos pés uma grande pele de cor escura – fico parado estupefato e a admiro, e mais uma vez sou acometido por aquele medo indescritível e me ponho em fuga.

Apresso meus passos; vejo então que tomei a aleia errada e, quando quero dobrar lateralmente em uma das veredas verdes, Vênus, a bela e pétrea mulher, não, a verdadeira deusa do amor, de sangue quente e pulsos palpitantes, está sentada diante de mim num banco de pedra. Sim, tornou-se viva para mim como aquela estátua que começou a respirar para seu mestre; é verdade que o prodígio se realizou apenas pela metade. Seu cabelo branco ainda parece ser de pedra e seu vestido branco cintila como a luz da lua, ou será cetim? E, de seus ombros, desliza a pele escura – mas os lábios já são vermelhos e suas bochechas já ganham cor, e, de seus olhos, atingem-me dois raios diabólicos, verdes, e então ela ri.

Seu riso é tão estranho, tão... Ah, é indescritível, tira meu fôlego, continuo a fugir e preciso tomar ar a cada poucos passos, e esse riso zombeteiro me persegue pelas pérgulas sombrias, pelos gramados claros, pela floresta através da qual irrompem apenas alguns raios de luar; não encontro mais o caminho, vagueio, gotas frias brotam-me na testa.

Paro, por fim, e monologo brevemente.

Esse monólogo é... Bem... Sempre somos ou muito gentis, ou muito grosseiros conosco mesmos.

Digo, pois, a mim mesmo:

– Asno!

Essa palavra exerce um efeito grandioso, qual uma fórmula mágica que me liberta e me traz de volta a mim mesmo.

Nesse momento, estou tranquilo.

Deliciado, repito:

– Asno!

Volto a ver tudo clara e nitidamente; lá está a fonte, ali a aleia de buxos, ali a casa, rumo à qual me dirijo agora lentamente.

Lá – outra vez, de súbito –, por trás da parede verde trespassada pela luz do luar, como que bordada com prata, eis a alva figura, a bela mulher de pedra a quem adoro, a quem temo, de quem fujo.

Com alguns saltos estou dentro de casa e tomo ar e reflito.

Bem, o que realmente sou agora, um pequeno diletante ou um grande asno?

Uma manhã abafada, o ar está lânguido, fortemente condimentado, inquietante. Estou outra vez sentado sob meu caramanchão de madressilvas e leio na *Odisseia* a passagem da atraente feiticeira que transforma seus adoradores em bestas. Deliciosa imagem do amor antigo.

Nos ramos e caules há um débil sussurro e as folhas de meu livro sussurram e no terraço também há um sussurro.

Um traje feminino...

Ei-la... Vênus... Mas sem peles... Não, desta vez é a viúva... Ainda assim... É Vênus... Oh, que mulher!

O modo como está aí parada em seu leve e alvo vestido matinal e olha para mim, quão poética e ao mesmo tempo graciosa parece sua delicada figura; não é alta, mas tampouco pequena, e a cabeça, mais provocante, picante – no sentido da época das marquesas na França –, do que estritamente bela, mas com algo de enfeitiçante; que maciez, que graciosa petulância afloram nessa boca cheia, não tão pequena... A pele é tão infinitamente delicada que por toda parte transparecem as veias azuis, mesmo através da musselina que cobre os braços e o busto; com que abundância se encaracola o cabelo ruivo – sim, é ruivo, não é louro ou dourado –, de que modo demoníaco e contudo adorável brinca em torno de sua nuca, e agora seus olhos me atingem como raios verdes – sim, são verdes, esses olhos, cuja força suave é indescritível –, verdes, mas como as pedras preciosas, como os profundos e insondáveis lagos das montanhas.

Ela percebe meu embaraço, que inclusive me torna grosseiro, pois fiquei sentado e ainda tenho minha boina na cabeça.

Ela ri travessamente.

Por fim me levanto e a cumprimento. Ela se aproxima e irrompe numa risada sonora, quase infantil. Gaguejo, como só um pequeno diletante ou um grande asno pode gaguejar numa hora dessas.

E assim foi como nos conhecemos.

A deusa pergunta pelo meu nome e me diz o seu.

Chama-se Vanda von Dunaiév.

E é realmente a minha Vênus.

– Mas, madame, como foi que lhe ocorreu a ideia?

– Graças à pequena fotografia que estava num de seus livros...

– Eu a esqueci.

– As singulares observações no verso...

– Por que singulares?

Ela me encarou.

– Sempre tive o desejo de conhecer algum dia um autêntico fantasista – para variar –, e, bem, depois de tudo, o senhor me parece um dos mais extravagantes.

– Minha senhora... De fato...

Outra vez, o funesto e repulsivo gaguejar, e, ainda por cima, um rubor que poderá ser adequado a um jovem de dezesseis anos, mas, para mim, que sou quase dez anos mais velho...

– O senhor teve medo de mim esta noite.

– Na verdade... De fato... Mas a senhora não gostaria de se sentar?

Ela tomou lugar e se deliciou com o meu medo – pois agora, em plena luz do dia, eu tinha ainda mais medo dela –, um escárnio provocante estremecia em torno do seu lábio superior.

– O senhor vê o amor, e sobretudo a mulher – começou ela –, como algo hostil, algo contra o que o senhor, ainda que em vão, se defende, mas cuja força o senhor sente como uma doce tortura, uma espicaçante crueldade; uma opinião genuinamente moderna.

– Da qual a senhora não partilha.

– Da qual não partilho – disse ela rápida e resolutamente, balançando a cabeça a ponto de os cachos saltarem como labaredas rubras. – Para mim, a sensualidade jovial dos helenos é alegria sem dor... um ideal que aspiro realizar em minha vida. Pois não acredito naquele amor que o cristianismo prega, que pregam os modernos, os cavaleiros do espírito. Sim, apenas preste atenção em mim, sou muito pior do que uma herege, sou uma pagã. "Acreditas que a deusa do amor muito refletiu quando outrora, no bosque do monte Ida, Anquises a agradou?" Esses versos das *Elegias romanas* de Goethe sempre muito me encantaram. Na natureza há apenas aquele amor da época heroica, "quando deuses e deusas amavam". Naquela época, "o desejo seguia-se ao olhar, o gozo seguia-se ao desejo". Todo o resto é artificial, afetado, mendaz. O cristianismo – cujo emblema cruel, a cruz, tem algo de medonho para mim – foi o primeiro a introduzir algo alheio e hostil na natureza e em seus inocentes impulsos. A luta do espírito com o mundo dos sentidos é o evangelho dos modernos. Não quero ter parte nisso.

– Sim, seu lugar seria no Olimpo, madame – respondi –, mas nós, modernos, simplesmente não suportamos a jovialidade antiga, muito menos no amor; a ideia de partilhar uma mulher com outros, e ainda que fosse uma Aspásia, nos causa indignação, somos ciumentos como o nosso Deus. Foi assim que o nome da magnífica Frineia se tornou entre nós um insulto. Preferimos uma donzela descarnada, pálida, holbeiniana, que só a nós pertença, a uma Vênus antiga, por mais divinamente bela que seja, mas que hoje ama a Anquises, amanhã a Páris, depois de amanhã a Adônis, e se a natureza em nós triunfa, se nos entregamos em paixão ardente a uma mulher dessas, sua jovial alegria de viver nos parece uma força demoníaca, uma crueldade, e vemos em nossa bem-aventurança um pecado que temos de expiar.

– Ou seja, também o senhor se entusiasma com a mulher moderna, com essas pobres e histéricas mulherzinhas que, em perseguição sonâmbula a um sonhado ideal masculino, não sabem apreciar o melhor homem e, sob lágrimas e convulsões, violam diariamente seus deveres cristãos, enganando e sendo enganadas, sem cessar procuram e escolhem e rejeitam, nunca estão felizes, nunca fazem ninguém feliz e acusam o destino em vez de confessar em silêncio: "quero viver e amar como Helena e Aspásia viveram". A natureza não conhece qualquer permanência na relação entre homem e mulher.

– Minha senhora...

– Deixe-me terminar. É apenas o egoísmo do homem que quer enterrar a mulher como um tesouro. Fracassaram todas as tentativas de introduzir a permanência, através de cerimônias sagradas, juramentos e contratos, no que há de mais inconstante na inconstante existência humana, o amor. Poderá o senhor negar que nosso mundo cristão apodreceu?

– Mas...

– Mas o indivíduo que se rebela contra as instituições da sociedade é excluído, estigmatizado, apedrejado, o senhor quer dizer. Pois bem. Eu me arrisco, meus princípios são francamente pagãos, quero gozar minha existência. Abro mão do vosso respeito hipócrita, prefiro ser feliz. Os inventores do casamento cristão fizeram bem em inventar ao mesmo tempo a imortalidade. Contudo, não penso em viver eternamente, e se, com o último suspiro, está tudo acabado para mim aqui como Vanda von Dunaiév, o que tenho a ganhar se meu puro espírito tomar parte nos coros dos anjos ou se meu pó se juntar formando novos seres? Porém, tão logo, tal como sou, não continuo a viver após a morte, por qual motivo eu deveria renunciar a algo? Pertencer a um homem a quem não amo meramente porque uma vez o amei? Não, não renunciarei, amo todo aquele que me agrada e faço feliz todo aquele que me ama. Isso é feio? Não, é pelo menos muito mais belo do que se me alegrasse cruelmente com os tormentos que meus encantos provocam e, virtuosamente, me afastasse dos braços daquele que anseia por mim. Sou jovem, rica e bela, e, tal como sou, vivo jovialmente para o prazer, para o gozo.

Enquanto ela falava e seus olhos faiscavam de um modo travesso, eu tinha tomado suas mãos, sem saber direito o que queria fazer com elas, mas, como autêntico diletante, soltei-as depressa.

– Sua honestidade – eu disse – me encanta, e não só ela...

Outra vez, o maldito diletantismo que me aperta o pescoço com uma corda de inibição.

– O que o senhor queria dizer...

– O que eu queria dizer... Sim, eu queria... Perdão... Minha senhora... Eu a interrompi...

– O quê?

Uma longa pausa. Ela sem dúvida faz um monólogo, que, traduzido para minha língua, se deixa resumir numa única palavra, "asno".

– Se me permite, minha senhora – comecei por fim –, como foi que lhe ocorreram essas... essas ideias?

– Muito simples, meu pai era um homem sensato. Desde o berço, estive cercada por cópias de antigas esculturas, aos dez anos li *Gil Blas*, aos doze, *A donzela de Orléans*. Tal como outros em sua infância chamam de amigos o Pequeno Polegar, o Barba-Azul ou a Gata Borralheira, assim fiz com Vênus e Apolo, Hércules e Laocoonte. Meu marido era uma natureza jovial, radiante; nem sequer a doença incurável que o acometeu pouco depois de nosso casamento pôde alguma vez ensombrecer sua testa por muito tempo. Ainda na noite que precedeu sua morte ele me levou para sua cama, e, durante os muitos meses em que esteve moribundo na cadeira de rodas, ele me dizia muitas vezes, zombeteiramente: "Então, já tens um adorador?". Eu enrubescia. "Não vás me enganar," acrescentou ele certa vez, "eu acharia isso feio, mas escolhe para ti um belo homem, ou, de preferência, vários. És uma mulher honrada, mas, ao mesmo tempo, ainda meio criança, precisas de brinquedos." Por certo não é necessário dizer-lhe que, enquanto ele viveu, não tive qualquer adorador, mas basta, ele me educou para aquilo que sou, uma grega.

– Uma deusa – interrompi.

Ela sorriu.

– Qual, exatamente?

– Uma Vênus.

Ela fez uma ameaça com o dedo e franziu as sobrancelhas.

– No fim das contas, uma *Vênus das peles*; espere... tenho uma grande, grande pele com a qual posso cobri-lo completamente, quero apanhá-lo nela como numa rede.

– A senhora também acredita – eu disse rapidamente, pois me veio algo à mente que, por mais comum e insípido que fosse, tomei por um pensamento muito bom –, a senhora acredita que suas ideias possam ser colocadas em prática em nosso tempo, que Vênus pudesse andar impunemente, com sua beleza e jovialidade sem disfarces, em meio a trens e telégrafos?

– *Sem disfarces* por certo não, mas vestindo peles – exclamou ela rindo –; o senhor quer ver a minha?

– E então...

– Então o quê?

– Pessoas belas, livres, joviais e felizes, como eram os gregos, só são possíveis quando têm *escravos* que executem para elas as tarefas nada poéticas da vida cotidiana e, sobretudo, para elas trabalhem.

– Sem dúvida – respondeu ela petulantemente –, mas, sobretudo, uma deusa olímpica como eu precisa de todo um exército de escravos. O senhor, pois, que tome cuidado comigo.

– Por quê?

Eu próprio me assustei com a ousadia com que pronunciara esse "por quê?"; ela, entretanto, não se assustou de forma alguma, levantou um pouco os lábios, de modo que os dentes pequenos e brancos ficassem visíveis, e então disse levianamente, como se se tratasse de algo de que não valesse a pena falar:

– O senhor quer ser meu escravo?

– Não há coexistência no amor – respondi com solene seriedade –, porém, tão logo eu tenha a escolha entre dominar ou ser subjugado, parece-me muito mais excitante ser o escravo de uma bela mulher. Mas onde encontrarei a mulher que, em vez de buscar exercer influência com mesquinha implicância, saiba dominar de modo sereno, autoconfiante e até severo?

– Bem, no fim isso não seria tão difícil.
– A senhora acredita...
– Eu... por exemplo... – ela riu e, nisso, curvou-se bastante para trás – tenho talento para déspota, e também possuo as necessárias peles, mas esta noite o senhor teve muito medo de mim!
– Muito medo.
– E agora?
– Agora... agora é que tenho ainda mais medo da senhora.

Vemo-nos todos os dias, eu e... Vênus; vemo-nos bastante, tomamos o café da manhã sob meu caramanchão de madressilvas e o chá no pequeno salão dela, e tenho oportunidade de desenvolver todos os meus pequenos, bem pequenos talentos. Para que teria me instruído em todas as ciências, feito tentativas em todas as artes se não fosse capaz de, no que respeita a uma pequena e bela mulher...

Mas essa mulher não é de forma alguma tão pequena, e me impressiona de uma forma absolutamente grandiosa. Hoje a desenhei e então senti bastante nitidamente quão pouco nossa toalete moderna serve para essa cabeça de camafeu. Ela tem pouco de romano, mas muito de grego na constituição de seus traços.

Ora gostaria de retratá-la como Psique, ora como Astarte, dependendo de que expressão seus olhos tenham, se arrebatadamente anímica, ou se aquela expressão meio sedenta, meio ardente, de volúpia cansada; mas ela deseja um retrato.

Bem, vou dar-lhe uma pele.

Ah, como pude ter dúvidas a respeito de quem, se não ela, seria digna de uma pele principesca!

*

Estive ontem à noite nos aposentos dela e li-lhe as *Elegias romanas*. Então deixei o livro de lado e disse algumas coisas de improviso. Ela pareceu contente, mais do que isso, ela estava realmente atenta ao que eu dizia e seu busto tremia.

Ou será que me enganei?

A chuva batia melancolicamente nas vidraças, o fogo na lareira crepitava de um modo invernalmente aconchegante, senti-me em casa nos aposentos dela; em certo momento, perdera todo o respeito pela bela mulher e beijei sua mão, e ela me deixou fazê-lo.

Então sentei-me aos pés dela e li-lhe um pequeno poema que lhe fizera.

> *Vênus das peles*
> *Teu dócil escravo espezinha,*
> *Mítica mulher, senhora minha,*
> *Com mirtos e agaves a emoldurar*
> *Teu corpo marmóreo, alvar.*

Pois bem... e assim segue! Desta vez, realmente fui além da primeira estrofe, mas, por ordem dela, dei-lhe o poema aquela noite e não tenho cópia, e hoje, quando transcrevo isso no meu diário, só me ocorre essa primeira estrofe.

*

É uma sensação curiosa, essa que tenho. Não acredito estar apaixonado por Vanda, pelo menos não senti nada daquele inflamar repentino da paixão em nosso primeiro encontro. Mas sinto como sua beleza extraordinária, verdadeiramente divina, deita pouco a pouco laços mágicos em torno de mim. Tampouco nasce em mim alguma inclinação do ânimo, é uma sujeição física, lenta, mas tanto mais completa.

Sofro mais a cada dia, e ela... ela apenas sorri disso.

*

Hoje, sem qualquer motivo, ela me disse de súbito:

– O senhor me interessa. A maioria dos homens é tão comum, sem vivacidade, sem poesia; no senhor há uma certa profundidade e um certo entusiasmo, sobretudo uma seriedade que me faz bem. Eu poderia vir a amá-lo.

*

Após uma breve mas violenta chuva torrencial visitamos juntos o prado e a estátua de Vênus. A terra em torno fumega, névoas sobem ao céu como fumaça sacrificial, um arco-íris despedaçado paira no ar, as árvores ainda gotejam, mas pardais e tentilhões já saltitam de galho em galho e gorjeiam vivamente como se estivessem muito contentes com alguma coisa, e tudo está repleto de um fresco aroma. Não podemos atravessar o prado, pois ainda está completamente molhado e parece iluminado pelo sol como um pequeno lago de cujo espelho móvel se eleva a deusa do amor, em torno de cuja cabeça dança um enxame de mosquitos, que, iluminado pelo sol, paira sobre ela feito uma auréola.

Vanda se alegra com a adorável vista e, como ainda há água parada nos bancos da aleia, ela se apoia, a fim de descansar um pouco, em meu braço; há um doce cansaço em todo o seu ser, seus olhos estão semicerrados, sua respiração roça minha face.

Tomo a mão dela e – como o consegui, realmente não sei – pergunto-lhe:

– A senhora conseguiria me amar?

– Por que não? – responde ela e deixa seu olhar calmo, radiante repousar sobre mim, mas não por muito tempo.

No instante seguinte, ajoelho-me diante dela e pressiono meu rosto chamejante contra a musselina perfumada de seu vestido.

– Mas Severin... isso é inconveniente! – exclama ela.

Eu, porém, tomo seu pequeno pé e pressiono nele meus lábios.

– O senhor está se tornando cada vez mais inconveniente! – exclama ela, desvencilha-se e foge com saltos rápidos na direção da casa, enquanto sua pantufa preferida fica em minha mão.

Será um presságio?

*

Não ousei me aproximar dela ao longo de todo aquele dia. Por volta do anoitecer – eu estava sentado em meu caramanchão –, sua picante cabecinha ruiva assomou repentinamente pela trama verde da sacada.

– Por que afinal o senhor não vem? – gritou ela, impaciente, para baixo.

Corri escada acima, no alto perdi outra vez a coragem e bati bem de leve. Não me convidou a entrar, mas abriu a porta e postou-se no umbral.

– Onde está minha pantufa?

– Está... eu tenho... eu quero – gaguejei.

– Vá buscá-la, e então tomaremos juntos o chá e conversaremos.

Quando voltei, ela estava ocupada com o samovar. Pus solenemente a pantufa sobre a mesa e fiquei parado num canto, feito uma criança que espera seu castigo.

Percebi que ela franzira um pouco a testa e que havia em torno de sua boca algo de severo, imperioso, que me encantou.

De repente, irrompeu numa gargalhada.

– Então... o senhor está realmente apaixonado... por mim?

– Sim, e sofro mais com isso do que a senhora acredita.

– O senhor sofre? – ela riu outra vez.

Eu estava indignado, envergonhado, aniquilado, mas tudo isso era inteiramente desnecessário.

– Por quê? – prosseguiu ela –, afinal sou boa com o senhor, de coração.

Deu-me a mão e me encarou de uma maneira extremamente amistosa.

– E a senhora seria minha esposa?

Vanda me olhou – sim, como foi que me olhou? –, acho que sobretudo espantada, e então um pouco zombeteira.

– De onde o senhor tirou de repente tamanha coragem? – disse ela.

– Coragem?

– Sim, a coragem de tomar uma esposa e, em especial, a mim – ela ergueu alto a pantufa. – O senhor se familiarizou tão rapidamente com esta daqui? Mas gracejos à parte. O senhor quer realmente se casar comigo?

– Sim.

– Bem, Severin, essa é uma história séria. Acredito que o senhor goste de mim e também gosto do senhor, e, o que é ainda melhor, nós nos interessamos um pelo outro, não há perigo de que nos entediemos tão logo, mas, sabe o senhor, sou uma mulher leviana, e justamente por isso levo o casamento muito a sério, e, quando assumo compromissos, também quero estar em condições de poder cumpri-los. Temo, porém... não... isso necessariamente lhe causará dor.

– Peço-lhe, seja honesta comigo – respondi.

– Pois bem, falando honestamente. Não acredito que eu possa amar um homem mais... do que... – ela inclinou sua cabecinha graciosamente para o lado e refletiu.

– Um ano.

– O que o senhor está pensando... um mês, quem sabe.

– Mesmo a mim?

– Bem, o senhor... o senhor talvez dois.

– Dois meses! – soltei um grito.

– Dois meses é bastante tempo.

– Madame, isso é mais do que antigo.

– Viu só, o senhor não suporta a verdade.

Vanda caminhou pelo quarto, apoiou-se então contra a lareira e me observou, o braço descansando na cornija.

– O que então devo fazer com o senhor? – recomeçou ela.

– O que a senhora quiser – respondi resignado –, o que lhe der prazer.

– Que incoerente! – exclamou ela –; primeiro o senhor me quer por esposa, e depois se entrega a mim como um brinquedo.

– Vanda... eu a amo.

– E assim estaríamos outra vez onde começamos. O senhor me ama e me quer por esposa, mas eu não quero um novo casamento, pois duvido da duração dos meus sentimentos e dos do senhor.

– Mas e se eu quiser arriscar com a senhora? – repliquei.

– Então ainda importa saber se eu quero arriscar com o senhor – disse ela calmamente –; posso imaginar perfeitamente que pertenço a um homem pela vida inteira, mas teria de ser um homem completo, um homem que me impressionasse, que me subjugasse pela força de sua natureza, o senhor entende? E todo homem, conheço isso, tão logo esteja apaixonado se torna... fraco, flexível, ridículo, entrega-se nas mãos da mulher, ajoelha-se diante dela, ao passo que eu só poderia amar duradouramente aquele diante de quem *eu me ajoelhasse*. Mas o senhor se tornou tão querido para mim que quero fazer a tentativa com o senhor.

Lancei-me aos pés dela.

– Meu Deus! Eis que o senhor já se ajoelha – disse ela zombeteiramente –, o senhor está começando bem.

E, quando tinha me erguido outra vez, ela continuou:

– Dou-lhe o tempo de um ano para me conquistar, para me convencer de que servimos um para o outro, de que podemos viver juntos. Se o senhor conseguir, serei sua esposa, e então, Severin, uma esposa que cumprirá rigorosa e conscienciosamente seus deveres. Durante esse ano, viveremos como em um casamento...

O sangue subiu-me à cabeça.

As faces dela também enrubesceram de repente.

– Moraremos juntos – prosseguiu ela –, partilharemos todos os nossos hábitos para ver se conseguimos nos acertar. *Concedo-lhe todos os direitos de um marido, um adorador, um amigo.* Está satisfeito com isso?

– Por certo que preciso estar.

– O senhor não precisa.

– Bem, eu quero...

– Excelente. É assim que fala um homem. O senhor tem a minha mão.

Já faz dez dias que não passo uma hora sem ela, exceto durante as noites. Pude olhar sem cessar em seus olhos, segurar suas mãos, ouvir suas falas, acompanhá-la a toda parte.

Meu amor por ela me parece um abismo profundo, sem fundo, no qual submerjo cada vez mais, do qual, agora, já mais nada pode me salvar.

Hoje à tarde, deitamo-nos no prado aos pés da estátua de Vênus, colhi flores e as joguei em seu colo, e ela as trançou em coroas, com as quais enfeitamos nossa deusa.

De súbito, Vanda me olhou de modo tão peculiar, tão fascinante que minha paixão se abateu sobre mim qual uma labareda. Não mais senhor de mim, enlacei-a com os braços e a beijei, e ela... ela me apertou contra o seu peito ondulante.

– Está zangada? – perguntei então.

– Jamais fico zangada com algo que é natural... – respondeu ela –, apenas temo que o senhor esteja sofrendo.

– Oh, eu sofro terrivelmente.

– Pobre amigo – ela tirou-me os cabelos emaranhados da testa –, espero que não seja por culpa minha.

– Não... – respondi – e sim; meu amor pela senhora se tornou uma espécie de loucura. O pensamento de que possa perdê-la, de que talvez deva perdê-la de fato, tortura-me dia e noite.

– Mas o senhor ainda nem sequer me possui – disse Vanda, e me encarou mais uma vez com aquele olhar vibrante, úmido e devorador que uma vez já me arrebatara, então se ergueu e colocou com suas pequenas mãos transparentes uma coroa de anêmonas azuis sobre a alva cabeça cacheada de Vênus. Meio contra a minha vontade, enlacei o braço em torno de seu corpo.

– Não posso mais estar sem ti, bela mulher – eu disse –, crê-me, crê-me só desta vez, não é uma frase feita, não é uma fantasia, sinto profundamente no mais íntimo de mim como minha vida está ligada com a tua; se te separares de mim, vou desvanecer, sucumbir.

– Mas isso não será absolutamente necessário, pois eu te amo, homem – ela me tomou pelo queixo –, homem estúpido!

– Mas só queres ser minha sob certas condições, ao passo que eu te pertenço incondicionalmente...

– Isso não é bom, Severin – respondeu ela, quase assustada –; será que o senhor ainda não me conhece, o senhor absolutamente não quer me conhecer? Sou boa quando me tratam de modo sério e sensato, mas quando alguém se entrega a mim de forma exagerada, torno-me petulante...

– Pois então seja, seja petulante, seja despótica – gritei, em plena exaltação –, apenas seja minha, seja minha para sempre.

Jazia aos pés dela e abracei seus joelhos.

– Isso não acabará bem, meu amigo – disse ela muito séria, sem se mover.

– Oh, mas isso não deve acabar de forma alguma! – exclamei de modo exaltado, até violento –, só a morte deve nos separar. Se não podes ser minha, inteiramente minha e para sempre, *então quero ser teu escravo*, servir-te, tolerar tudo de ti, apenas não me afaste de ti.

– Contenha-se – disse ela, curvou-se para mim e me beijou na testa. – Sou boa de coração com o senhor, mas esse não é o caminho para me conquistar, me segurar.

– Quero fazer tudo, tudo o que a senhora quiser, apenas não quero perdê-la nunca – exclamei –, apenas isso não, não consigo conceber esse pensamento.

– Trate de levantar-se.

Obedeci.

– O senhor é realmente um homem singular – prosseguiu Vanda –, o senhor quer portanto me possuir a qualquer preço?

– Sim, a qualquer preço.

– Mas que valor teria a minha posse para o senhor se, por exemplo... – ela refletiu, seus olhos assumiram um quê de espreitador, de sinistro – se eu não amasse mais o senhor, se eu pertencesse a outro?

Senti calafrios. Olhei-a, estava tão firme e autoconfiante diante de mim, e seus olhos ostentavam um brilho frio.

– O senhor percebe – continuou ela –, o senhor se assusta com esse pensamento.

Um sorriso amável iluminou subitamente sua face.

– Sim, sou acometido de pavor ao imaginar vividamente que uma mulher que amo, que retribuiu meu amor, se entrega a outro sem ter piedade de mim; mas será que ainda tenho uma escolha? Se amo essa mulher, amo insanamente, devo voltar-lhe orgulhosamente as costas e sucumbir à minha força arrogante, devo meter-me uma bala na cabeça? Tenho dois ideais femininos. Se não puder encontrar meu ideal nobre e radiante, uma mulher que partilhe fiel e bondosamente meu destino, então não quero nada pela metade, nada morno! Então preferirei devotar-me a uma mulher sem virtude, sem fidelidade, sem piedade. Uma tal mulher, em sua grandeza egoísta, também é um ideal. Se não puder gozar a felicidade do amor inteira e completamente, então quero saborear suas dores, seus tormentos até a última gota; então quero ser maltratado, traído pela mulher que amo, e quão mais cruelmente, tanto melhor. Também isso é um gozo!

– O senhor perdeu o juízo! – exclamou Vanda.

– Amo-a tanto, com toda a minha alma – prossegui –, com todos os meus sentidos, que sua proximidade, sua atmosfera me é imprescindível se ainda quiser continuar vivendo. Escolha portanto entre meus ideais. Faça de mim o que quiser, seu marido ou seu escravo.

– Pois bem – disse Vanda, franzindo as sobrancelhas pequenas mas energicamente arqueadas –, imagino ser muito divertido ter desse modo, inteiramente na palma de minha mão, um homem que me interessa, que me ama; pelos menos não me faltarão passatempos. O senhor foi muito imprudente ao me deixar a escolha. Portanto escolho, quero que o senhor seja meu escravo, farei do senhor meu joguete!

– Oh! Faça-o – exclamei, meio horrorizado, meio encantado –, se um casamento só pode ser fundado na igualdade, na harmonia, as maiores paixões, em contrapartida, surgem dos opostos. Nós somos tais opostos que se defrontam quase hostilmente, daí esse amor em mim que é em parte ódio, em parte medo. Mas, numa relação assim, um só pode ser martelo, e o outro, bigorna. Quero ser bigorna. Não posso ser feliz ao olhar a amada de cima. Quero poder adorar uma mulher, e só posso fazê-lo se ela for cruel comigo.

– Mas, Severin – respondeu Vanda quase colérica –, então o senhor me julga capaz de maltratar um homem que me ama tanto como o senhor, e a quem amo?

– Por que não, se assim eu a adorar ainda mais? *Só se pode amar verdadeiramente o que está acima de nós*, a uma mulher que nos subjugue pela beleza, pelo temperamento, pelo espírito, pela força de vontade, que se torne nossa déspota.

– Ou seja, aquilo que repugna aos outros atrai o senhor?

– Assim é. Essa é simplesmente a minha esquisitice.

– Bem, no fim das contas não há nada de tão original ou esquisito em todas as suas paixões, pois a quem não agradam belas peles? E todos sabem e sentem o quão proximamente aparentadas são a volúpia e a crueldade.

– Em mim, porém, tudo isso é intensificado ao máximo – respondi.

– Quer dizer, a razão tem pouco poder sobre o senhor, e o senhor é uma natureza branda, abnegada e sensual.

– Os mártires também eram naturezas brandas e sensuais?

– Os mártires?

– Pelo contrário, eram *pessoas suprassensuais* que encontravam no sofrimento um gozo, que buscavam os mais terríveis tormentos, e até a morte, do modo como outros buscam a alegria, e eu sou um desses *suprassensuais*, madame.

– O senhor apenas precisa ter cautela para não se tornar também um mártir do amor, o *mártir de uma mulher.*

Estamos sentados na pequena sacada de Vanda na tépida e perfumada noite de verão, um duplo teto sobre nós: primeiro, o verde teto de trepadeiras; depois, o teto celeste semeado de incontáveis estrelas. Do parque, ressoa o chamado baixo, chorosamente apaixonado, de um gato, e estou sentado num banquinho aos pés de minha deusa e lhe conto coisas de minha infância.

– E já naquela época se destacavam no senhor todas essas esquisitices? – perguntou Vanda.

– Sem dúvida; não me recordo de qualquer época em que não as tivesse; mesmo no berço, segundo minha mãe me contou mais tarde, eu já era *suprassensual*, desdenhava o seio sadio da ama de leite e precisavam me alimentar com leite de cabra. Quando menininho, mostrava um medo enigmático das mulheres, no qual apenas se expressava, no fundo, um interesse sinistro por elas. A abóbada cinza, a penumbra de uma igreja me assustavam, e diante dos reluzentes altares e imagens de santos eu era tomado de verdadeiro pavor. Em contrapartida, esgueirava-me às escondidas, como a uma alegria proibida, até uma Vênus de gesso que se achava na pequena biblioteca de meu pai, ajoelhava-me e recitava-lhe as orações que haviam me inculcado: o pai-nosso, a ave-maria e o credo.

"Certa vez, deixei minha cama à noite para visitá-la, o crescente me iluminava e fez a deusa aparecer numa fria luz azul pálida. Lancei-me diante dela e beijei seus pés frios, conforme vira fazerem nossos camponeses quando beijavam os pés do Salvador morto.

"Uma ânsia incontrolável se apoderou de mim.

"Levantei-me e abracei o corpo belo e frio, e beijei os lábios frios, então um profundo tremor caiu sobre mim e fugi, e, ao sonhar, foi como se a deusa estivesse parada diante de minha cama e me ameaçasse com o braço levantado.

"Mandaram-me cedo para a escola, e assim logo entrei no ginásio e agarrei com paixão tudo o que o mundo antigo prometia me desvelar. Logo estava mais familiarizado com os deuses da Grécia do que com a religião de Jesus; com Páris, dei a Vênus a funesta maçã; vi Troia arder e acompanhei Ulisses em suas odisseias. Os modelos de tudo o que é belo impregnavam-se profundamente em minha alma, e assim, naquela época em que outros meninos se comportam de modo grosseiro e torpe, eu mostrava uma repulsa invencível a tudo o que fosse baixo, vulgar e feio.

"Contudo, algo particularmente vulgar e feio ao jovem que amadurecia era o amor à mulher, tal como este se mostrou de início a ele em toda sua trivialidade.

Eu evitava qualquer contato com o belo sexo, em suma, eu era suprassensual até a loucura.

"Minha mãe – eu tinha então mais ou menos catorze anos – contratou uma encantadora empregada, jovem, linda, de formas túmidas. Certa manhã – eu estudava meu Tácito e me entusiasmava com as virtudes dos antigos germanos –, a pequena varria meu quarto; de repente, parou, inclinou-se até mim, a vassoura na mão, e dois lábios cheios, frescos e deliciosos tocaram os meus. O beijo da gatinha apaixonada me percorreu como um arrepio, mas levantei minha *Germânia* como um escudo contra a sedutora e deixei, indignado, o quarto."

Vanda irrompeu numa sonora gargalhada.

– O senhor é de fato um homem que não tem igual; mas prossiga.

– Há outra cena dessa época que não consigo esquecer – continuei o relato –; a condessa Sobol, uma tia distante, veio em visita a meus pais; era uma bela e majestosa mulher com um sorriso cativante; eu, porém, a odiava, pois a família a considerava uma messalina, e me comportei em relação a ela da forma mais mal-educada, malévola e boçal possível.

"Certo dia, meus pais viajaram à capital do distrito. Minha tia decidiu aproveitar a ausência deles para pronunciar sua sentença a meu respeito. Entrou inesperadamente, vestindo seu casabeque* forrado de peles, seguida pela cozinheira, pela criada de cozinha e pela gatinha que eu desdenhara. Sem fazer muitas perguntas, agarraram-me e me amarraram, apesar

---

* Casaco feminino.

de minha violenta resistência, pelas mãos e pelos pés, então minha tia arregaçou as mangas com um sorriso maligno e começou a me bater com uma grande vara, e ela batia com tanta força que o sangue jorrou, e eu, por fim, apesar de minha valentia, gritava e chorava e pedia misericórdia. Depois disso, mandou que me desamarrassem, mas obrigou-me a agradecer-lhe, de joelhos, pelo castigo e beijar-lhe a mão.

"Veja, agora, o tolo suprassensual! Sob a vara da bela e opulenta mulher, que, com seu casaco de peles, me parecia uma monarca furiosa, despertou em mim pela primeira vez o senso para as mulheres, e minha tia me pareceu desde então a mulher mais atraente deste mundo de Deus.

"Minha austeridade catoniana, meu medo das mulheres não eram nada senão um senso de beleza elevado às alturas; a sensualidade tornou-se então em minha fantasia uma espécie de cultura, e jurei a mim mesmo não desperdiçar suas sensações sagradas com uma criatura comum, mas poupá-las para uma mulher ideal, se possível para a própria deusa do amor.

"Entrei muito jovem na universidade, que ficava na capital em que morava minha tia. Meu quarto parecia então o do doutor Fausto. Tudo nele se achava misturado e desordenado: altas estantes atulhadas de livros, que eu comprava a preços irrisórios de um antiquário judeu da Servânica*, globos, atlas, retortas, cartas celestes, esqueletos de animais, caveiras, bustos de grandes espíritos. Por trás da grande estufa

---

* A ruela dos judeus em Lemberg.

verde Mefistófeles poderia aparecer a qualquer momento como escolástico vagante.

"Eu estudava tudo desordenadamente, sem sistema, sem seleção: química, alquimia, história, astronomia, filosofia, jurisprudência, anatomia e literatura; lia Homero, Virgílio, Ossian, Schiller, Goethe, Shakespeare, Cervantes, Voltaire, Molière, o Corão, o *Cosmos*, as *Memórias* de Casanova. A cada dia me tornava mais confuso, mais fantasista e mais suprassensual. E sempre tinha na cabeça uma mulher bela e ideal, que, de tempos em tempos, me aparecia qual uma visão deitada sobre rosas, rodeada de cupidos, entre meus volumes encadernados em couro e meus esqueletos, ora numa toalete olímpica, com a face severa e alva da Vênus de gesso, ora com as bastas tranças castanhas, os risonhos olhos azuis e vestindo o casabeque de veludo vermelho debruado de arminho de minha bela tia.

"Certa manhã, depois que ela mais uma vez emergira, em plena e risonha formosura, da névoa dourada de minha fantasia, dirigi-me à casa da condessa Sobol, que me recebeu de modo amistoso, até mesmo cordial, dando-me um beijo de boas-vindas que transtornou todos os meus sentidos. Tinha agora quase quarenta anos, mas, como a maioria daquelas mulheres vigorosas que sabem gozar a vida, ainda era desejável; ainda agora, usava sempre um casaco guarnecido de peles, e, para ser mais exato, desta vez era de veludo verde com marta castanha, mas, daquele rigor que outrora me encantara nela, não se via qualquer sinal.

"Pelo contrário, foi tão pouco cruel comigo que, sem muitas cerimônias, me deu a permissão de adorá-la.

"Ela logo descobriu minha loucura e minha inocência suprassensuais, e dava-lhe prazer fazer-me feliz. E eu... eu estava de fato feliz como um jovem deus. Que gozo era para mim quando podia, ajoelhado diante dela, beijar-lhe as mãos com que outrora me castigara. Ah! Que mãos maravilhosas! De uma conformação tão bela, tão fina e cheia e branca, e que covinhas adoráveis! Na verdade, estava apaixonado apenas por aquelas mãos. Brincava com elas, fazia-as surgir e sumir nas peles escuras, erguia-as diante do fogo e não conseguia me saciar de olhá-las."

Vanda contemplou involuntariamente as próprias mãos; percebi e tive de sorrir.

– A senhora pode ver como o caráter suprassensual sempre dominou em mim a partir do fato de, no que respeita à minha tia, apaixonar-me pelos cruéis golpes de vara que dela recebera, assim como, no caso de uma jovem atriz a quem cortejei cerca de dois anos depois, apaixonar-me apenas por seus papéis. Depois disso, ainda me apaixonei por uma mulher muito respeitável que fingia uma virtude inacessível e acabou por me trair com um judeu rico. Veja a senhora: porque fui enganado, trocado por dinheiro, por uma mulher que simulava ter os princípios mais rigorosos, os sentimentos mais ideais, por esse motivo detesto tanto esse gênero de virtudes poéticas, sentimentais; dê-me uma mulher que seja honesta o bastante para me dizer: "Sou uma Pompadour, uma Lucrécia Bórgia", e vou adorá-la.

Vanda se levantou e abriu a janela.

– O senhor tem uma maneira singular de inflamar a fantasia, de estimular todos os nervos de uma pessoa, de fazer o pulso bater mais rápido. O senhor concede ao vício uma auréola, desde que ele seja honesto. Seu ideal é uma cortesã ousada e genial; oh! O senhor é o homem capaz de corromper uma mulher dos pés à cabeça!

*

No meio da noite, alguém bateu à minha janela; levantei-me, abri-a e me sobressaltei. Lá fora estava a Vênus das peles, exatamente como me aparecera pela primeira vez.

– O senhor me estimulou com suas histórias, revolvo-me na cama e não consigo dormir – disse ela –, venha agora e me faça companhia.

– É para já.

Quando entrei, Vanda estava de cócoras diante da lareira, depois de ter atiçado uma pequena chama.

– O outono se anuncia – começou ela –, as noites já estão realmente frias. Receio desagradá-lo, mas não posso tirar minhas peles enquanto o quarto não estiver aquecido o bastante.

– Desagradar... Sua travessa!... Ora, a senhora sabe que... – enlacei-a com o braço e a beijei.

– É claro que eu sei, mas de onde o senhor tirou essa grande predileção por peles?

– Ela me é inata – respondi –, já a mostrava quando criança. De resto, as peles exercem um efeito excitante sobre todas as naturezas nervosas, que repousa tanto em leis universais como naturais. É um estímulo físico, que é pelo menos tão estranho quanto espicaçante, e ao qual ninguém consegue se furtar inteiramente. A ciência demonstrou recentemente um certo parentesco entre a eletricidade e o calor; aparentados, de qualquer forma, são seus efeitos sobre o organismo humano. A zona tórrida gera pessoas mais passionais; uma atmosfera quente, excitação. É exatamente assim com a eletricidade. Daí a influência magicamente benévola exercida pela companhia dos *gatos* sobre pessoas espirituais e excitáveis, e que fez dessas longicaudes graças do mundo animal, dessas baterias elétricas adoráveis e faiscantes, os animais prediletos de um Maomé, de um cardeal Richelieu, de um Crébillon, de um Rousseau, de um Wieland.

– Uma mulher que vista uma pele – exclamou Vanda – não é portanto outra coisa senão uma grande gata, uma bateria elétrica intensificada?

– Sem dúvida – respondi –, e assim também explico o significado simbólico que as peles receberam como atributo do poder e da beleza. Nesse sentido, foram reivindicadas com exclusividade nos tempos antigos, por meio de códigos de vestimenta, pelos monarcas e por uma nobreza dominante, e por grandes pintores para as rainhas da beleza. Foi assim que um Rafael não encontrou moldura mais preciosa para as formas divinas da Fornarina, e Ticiano, para o corpo róseo de sua amada, do que as peles escuras.

– Agradeço pelo tratado eruditamente erótico – disse Vanda –, mas o senhor não me disse tudo; o senhor ainda relaciona algo inteiramente original com as peles.

– De fato – exclamei –; já lhe disse repetidas vezes que para mim há um estímulo peculiar no sofrimento, que nada é mais propício para atiçar minha paixão do que a tirania, a crueldade e, sobretudo, a infidelidade de uma bela mulher. E essa mulher, esse estranho ideal da estética do feio, a alma de um Nero no corpo de uma Frineia, não a posso imaginar sem peles.

– Compreendo – interrompeu Vanda –; as peles dão a uma mulher algo de senhorial, de imponente.

– Não é só isso – prossegui –; a senhora sabe que sou um "*suprassensual*", que, para mim, tudo radica mais na fantasia e de lá recebe seu alimento. Eu era precocemente desenvolvido e hiperexcitado quando, mais ou menos aos dez anos, coloquei as mãos nas lendas dos mártires; recordo-me que li com um horror que, na verdade, era fascinação como definhavam no cárcere, como eram postos nas grelhas, trespassados por lanças, cozinhados no piche, jogados aos animais selvagens, pregados na cruz, padecendo as coisas mais horrendas com uma espécie de alegria. Desde então, sofrer, suportar torturas cruéis me parece um gozo, e, de maneira bem especial, se forem infligidas por uma bela mulher, pois desde sempre toda a poesia, bem como tudo o que é demoníaco, se concentrou para mim na mulher. A esta, dediquei um verdadeiro culto.

"Eu vi na sensualidade algo sagrado, inclusive a única coisa sagrada; na mulher e em sua beleza, algo divino, na medida em que a mais importante tarefa da existência, a reprodução da espécie, é sobretudo ofício dela; vi na mulher a personificação da natureza, a *Ísis*, e, no homem, o sacerdote, o escravo dela; e vi-a tornar-se cruel com ele como a natureza, que repele as coisas que lhe serviram tão logo não mais precise delas, ao passo que para o homem ainda se tornam voluptuosa bem-aventurança os maus-tratos, e até a morte, infligidos pela mulher.

"Invejei o rei Gunther, a quem a violenta Brunhilde amarrou na noite de núpcias; o pobre trovador, em quem a caprichosa senhora mandou costurar uma pele de lobo para então caçá-lo feito um bicho selvagem; invejei o cavaleiro Ctirad, a quem a audaz amazona Šárka apanhou com astúcia na floresta dos arredores de Praga, arrastou ao castelo Divin, e, depois de, por algum tempo, ter matado o tempo com ele, ordenou que o fizessem passar pelo suplício da roda..."

– Repugnante! – exclamou Vanda –; eu lhe desejaria que caísse nas mãos de uma mulher dessa raça selvagem; metido numa pele de lobo, sob os dentes dos cães de caça ou amarrado à roda, a poesia já lhe evaporaria.

– A senhora acredita? Eu não acredito.

– O senhor realmente não é muito bom da cabeça.

– É possível. Mas continue ouvindo; com verdadeira avidez, passei a ler histórias em que se descreviam as mais terríveis crueldades, e contemplava com especial prazer quadros, gravuras em que eram representadas, e todos os tiranos sanguinários que alguma vez estiveram sentados num trono, os inquisidores que mandavam torturar, assar e abater os hereges, todas aquelas mulheres que estão registradas nas páginas da história universal como voluptuosas, belas e violentas, a exemplo de Libussa, Lucrécia Bórgia, Agnes da Hungria, a rainha Margot, Isabel, a sultana Roxolane, as tsarinas russas do século passado – a todos eu via vestindo peles ou vestimentas de gala guarnecidas de arminho.

– E assim as peles despertam agora no senhor estranhas fantasias – exclamou Vanda, e, ao mesmo tempo, começou a drapejar coquetemente seu magnífico casaco de peles, de modo que as zibelinas escuras e brilhantes brincavam de modo encantador em torno dos seios, em torno dos braços. – E agora, como está o ânimo do senhor? Já se sente meio submetido ao suplício da roda?

Seus penetrantes olhos verdes descansavam em mim com um bem-estar estranho, escarnecedor, quando, sobrepujado pela paixão, me lancei diante dela e a abracei.

– Sim... a senhora despertou em mim a minha fantasia predileta – exclamei –, que dormitou por bastante tempo.

– E esta seria...? – Ela colocou a mão em minha nuca.

Sob essa pequena mão quente, sob o olhar dela, que, ternamente perscrutador, caía sobre mim através das pálpebras semicerradas, fui tomado por uma doce embriaguez.

– *Ser o escravo de uma mulher, uma bela mulher a quem amo, a quem adoro!*

– E que, em troca, o maltrate! – interrompeu-me Vanda rindo.

– Sim, que me amarre e me chicoteie, me dê pontapés, enquanto pertence a outro.

– E que, quando o senhor se lançar, enlouquecido de ciúme, contra o feliz rival, ela vá tão longe com a petulância a ponto de entregar o senhor nas mãos dele e abandoná-lo à sua brutalidade. Por que não? Agrada-lhe menos a cena final?

Encarei Vanda apavorado.

– A senhora excede meus sonhos.

– Sim, nós, mulheres, somos inventivas – disse ela –; tome cuidado quando achar seu ideal; poderá facilmente suceder que ele o trate com uma crueldade maior do que o senhor gostaria.

– Receio já ter encontrado meu ideal! – exclamei, e pressionei meu rosto ardente contra seu colo.

– Mas não em mim? – exclamou Vanda, despiu as peles e saltitou, a rir, pelo quarto; ainda ria quando desci a escada, e quando, refletindo, fiquei parado no pátio, ainda ouvi lá em cima suas gargalhadas maliciosas e endoidecidas.

— Posso, então, encarnar o ideal do senhor? – perguntou Vanda com um ar travesso ao nos encontrarmos hoje no parque.

De início, não achei resposta. Lutavam em mim as sensações mais contraditórias. Nesse meio-tempo, ela sentou-se num dos bancos de pedra e brincava com uma flor.

– E então... Posso?

Ajoelhei-me e tomei suas mãos.

– Peço-lhe mais uma vez: torne-se minha esposa, minha fiel e honrada mulher; se a senhora não puder, seja então meu ideal, mas então seja-o completamente, sem reservas, sem atenuações.

– O senhor sabe que dentro de um ano quero dar-lhe minha mão se o senhor for o homem que procuro – respondeu Vanda com muita seriedade –, mas acredito que o senhor me seria mais grato se eu realizasse sua fantasia. Bem, o que o senhor prefere?

– Creio que tudo aquilo que cogito em minha imaginação está na natureza da senhora.

– O senhor se engana.

– Acredito – prossegui – que lhe dá prazer ter um homem completamente em suas mãos, torturá-lo...

– Não, não! – exclamou ela vivamente. – Ou talvez, sim... – ela refletiu. – Não entendo mais a mim mesma – prosseguiu –, mas tenho de lhe fazer uma confissão. O senhor perverteu minha fantasia, esquentou meu sangue, começo a gostar de tudo isso, o entusiasmo com que o senhor fala de uma Pompadour, de uma Catarina II e de todas as outras mulheres egoístas, frívolas e cruéis me arrebata, penetra em minha alma e me impele a tornar-me semelhante a essas mulheres, que, apesar da maldade, foram adoradas servilmente enquanto viveram e ainda no túmulo fazem milagres. Por fim, o senhor ainda fará de mim uma déspota em miniatura, uma Pompadour para uso doméstico.

– Pois bem – eu disse, exaltado –, se isso reside na senhora, então entregue-se à inclinação de sua natureza, só não o faça pela metade; se a senhora não puder ser uma mulher honesta, fiel, seja então um diabo.

Eu estava tresnoitado, agitado, a proximidade da bela mulher me afetava como uma febre, não sei mais o que falei, mas me recordo de ter beijado os pés dela e de que, por fim, levantei seu pé e o coloquei sobre minha nuca. Mas ela o retirou depressa e se ergueu quase furiosa.

– Se o senhor me ama, Severin – disse ela depressa, sua voz soava ríspida e imperiosa –, não fale mais dessas coisas. Nunca mais, o senhor compreendeu? No fim das contas, eu poderia realmente... – ela sorriu e voltou a sentar-se.

— Falo com a maior seriedade – exclamei, meio a fantasiar –, adoro tanto a senhora que estou disposto a suportar tudo pela recompensa de poder estar toda a minha vida junto da senhora.

— Severin, advirto-o mais uma vez.

— A senhora me adverte em vão. Faça comigo o que quiser, só não me afaste inteiramente da senhora.

— Severin – replicou Vanda –, sou uma mulher jovem e leviana, é arriscado para o senhor entregar-se a mim tão completamente; no fim das contas, o senhor se tornará de fato meu joguete; quem então o protegerá para que eu não abuse de sua loucura?

— A nobre natureza da senhora.

— O poder torna as pessoas petulantes.

— Então sê petulante – exclamei –, pisoteia-me.

Vanda lançou os braços em torno de meu pescoço, olhou-me nos olhos e balançou a cabeça.

— Receio não conseguir fazê-lo, mas quero tentar por amor a ti, pois te amo, Severin, como jamais amei homem algum.

*

Hoje ela apanhou de súbito chapéu e xale, e tive de acompanhá-la ao bazar. Lá pediu que lhe mostrassem chicotes, longos chicotes de cabo curto, como os que se usa para cães.

— Esses deverão servir – disse o vendedor.

— Não, são muito pequenos – respondeu Vanda com um olhar de soslaio para mim –, preciso de um grande...

– Para um buldogue, talvez? – cogitou o comerciante.

– Sim – exclamou ela –, do tipo que se tinha na Rússia para os escravos rebeldes.

Ela procurou e por fim escolheu um chicote cujo aspecto me passou uma impressão algo sinistra.

– Adeus, então, Severin – disse ela –, ainda tenho algumas compras a fazer e o senhor não poderá me acompanhar.

Despedi-me e dei um passeio; ao regressar, vi Vanda saindo da loja de um peleteiro. Ela me acenou.

– Reflita mais um pouco – começou ela, contente –, nunca lhe fiz segredo que foi sobretudo sua natureza séria, pensativa o que me cativou; sem dúvida me estimula ver o homem sério completamente devotado a mim, inclusive extasiado a meus pés... Mas será que esse estímulo durará? A mulher ama o homem, maltrata o escravo e por fim ainda o chuta para longe.

– Ora, chuta-me quando estiveres farta de mim – respondi –, quero ser teu escravo.

– Vejo que propensões perigosas dormitam em mim – disse Vanda depois de termos dado mais alguns passos –; tu as despertas, e não para o teu bem; consegues descrever o sibaritismo, a crueldade e a petulância de maneira tão atraente... O que dirás se eu experimentá-los, e experimentá-los primeiro em ti, como Dionísio, que fez assar no boi de ferro primeiramente seu inventor a fim de se convencer de que as lamentações, os estertores agônicos dele soavam como os berros de um boi? Talvez eu seja um Dionísio em forma de mulher...

– Pois sê – exclamei –, então minha fantasia estará realizada. Pertenço-te para o bem ou para o mal; escolhe tu mesma. Sou impelido pelo destino que reside em meu peito... de maneira demoníaca... de maneira prepotente.

*

Meu amado!
Não quero ver-te hoje nem amanhã, só depois de amanhã, à noite, e então como meu escravo.
Tua ama,
Vanda.

"Como meu escravo" estava sublinhado. Li o bilhete, que recebera de manhã bem cedo, mais uma vez, e então mandei selar um asno, um autêntico animal para eruditos, e cavalguei para as montanhas a fim de entorpecer minha paixão, minha ânsia, na grandiosa natureza dos Cárpatos.

*

Estou de volta, cansado, faminto, sedento e, sobretudo, apaixonado. Troco rapidamente de roupa e bato poucos instantes depois na porta dela.
– Entra!
Entro. Ela está parada no meio do aposento, num vestido de cetim branco que se derrama como luz pelo seu corpo e um casabeque de cetim escarlate com uma rica e exuberante guarnição de arminho; no

cabelo empoado, coberto de neve, um pequeno diadema de diamantes; os braços estão cruzados sobre o peito; as sobrancelhas, franzidas.

– Vanda!

Corro na direção dela, quero cingi-la com os braços, beijá-la; ela dá um passo para trás e mede-me de alto a baixo.

– Escravo!

– Minha ama! – ajoelho-me e beijo a fímbria do vestido dela.

– Isso mesmo.

– Oh, como és bela.

– Agrado-te? – ela se postou diante do espelho e se contemplou com orgulhoso contentamento.

– Ainda vou ficar louco!

Ela contraiu o lábio inferior de forma desdenhosa e me olhou zombeteiramente com as pálpebras semicerradas.

– Dá-me o chicote.

Olhei em volta no aposento.

– Não – exclamou ela –, fica de joelhos!

Dirigiu-se à lareira, tomou o chicote da cornija e, contemplando-me com um sorriso, o fez assoviar pelo ar, arregaçando então lentamente as mangas do casaco de peles.

– Mulher magnífica! – exclamei.

– Calado, escravo! – ela olhou de repente de modo sombrio, até selvagem, e bateu-me com o chicote; no momento seguinte, porém, lançou carinhosamente o braço em torno de meu pescoço e se inclinou compassivamente até mim. – Eu te machuquei? – perguntou ela meio envergonhada, meio receosa.

– Não! – respondi –; e se tivesses me machucado, as dores que me causas são um prazer. Chicoteia-me se isso te dá prazer.

– Mas isso não me dá prazer.

Mais uma vez, fui tomado por aquela estranha embriaguez.

– Chicoteia-me – pedi –, chicoteia-me sem dó.

Vanda brandiu o chicote e me atingiu duas vezes.

– É o bastante para ti?

– Não.

– Não, sério?

– Chicoteia-me, eu te peço, é um prazer para mim.

– Sim, porque bem sabes que não é a sério – replicou ela –, que não tenho coragem de te machucar. Repugna-me todo esse jogo brutal. Se eu fosse realmente a mulher que chicoteia seu escravo, ficarias horrorizado.

– Não, Vanda – eu disse –, amo-te mais do que a mim mesmo, sou-te devotado na morte e na vida, podes fazer a sério comigo o que te agradar, o que quer que a tua petulância te sugerir.

– Severin!

– Pisoteia-me! – exclamei, e joguei-me, o rosto voltado ao chão, diante dela.

– Odeio todo tipo de comédia – disse Vanda, impaciente.

– Ora, então me maltrata a sério.

Uma pausa sinistra.

– Severin, advirto-te ainda uma última vez – começou Vanda.

– Se me amas, sê cruel comigo – implorei com os olhos erguidos para ela.

– Se te amo? – repetiu Vanda. – Pois bem! – ela recuou e me observou com um olhar sombrio. – *Então sê meu escravo e sente o que significa ter sido entregue nas mãos de uma mulher* – e nesse mesmo instante ela me deu um pontapé.

– Bem, o que achas disso, escravo?

Então ela brandiu o chicote.

– Apruma-te!

Eu quis me levantar.

– Não assim – ordenou ela –, de joelhos.

Obedeci, e ela começou a me chicotear.

Os golpes caíam rápidos e enérgicos sobre minhas costas, meus braços, cada um deles cortava minha carne e continuava a arder, mas as dores me fascinavam, pois afinal provinham dela, a quem eu adorava, por quem estava disposto a dar minha vida a qualquer momento.

Então ela parou.

– Começo a encontrar prazer nisso – ela disse –; por hoje basta, mas sou tomada de uma curiosidade diabólica de ver até onde vão tuas forças, de um gosto cruel em ver-te estremecer sob meu chicote, em ver como te encolhes e, por fim, ouvir teus gemidos, teus lamentos, e assim por diante, até que peças misericórdia e eu continue a chicotear sem dó até perderes os sentidos. Despertaste elementos perigosos em minha natureza. Mas, agora, levanta-te.

Tomei a mão dela a fim de apertá-la contra meus lábios.

– Que atrevimento.

Ela me afastou com o pé.

– Longe de meus olhos, escravo!

*

Depois de passar a noite em meio a sonhos confusos, como se estivesse febril, acordei. Mal alvorece.

O que é verdadeiro daquilo que paira em minha lembrança? O que vivi e o que apenas sonhei? Fui chicoteado, isso é certo, ainda sinto cada um dos golpes, posso contar as listras vermelhas, ardentes em meu corpo. E foi ela quem me chicoteou. Sim, agora lembro de tudo.

Minha fantasia se tornou verdade. Como me sinto? A realidade de meu sonho me decepcionou?

Não, só estou um pouco cansado, mas a crueldade dela me enche de fascínio. Oh! Como a amo, a adoro! Ah! Tudo isso não exprime nem de longe o que sinto por ela, o quão completamente me sinto entregue a ela. Que bem-aventurança ser escravo dela.

*

Ela me chama da sacada. Corro escada acima. Ela está parada na soleira e me oferece amistosamente a mão.

– Tenho vergonha – diz ela, enquanto a abraço e ela esconde a cabeça em meu peito.

– Como?

– Tente esquecer a cena medonha de ontem – disse ela com voz trêmula –; realizei sua louca fantasia e agora é melhor sermos razoáveis e felizes e nos amarmos, e dentro de um ano serei sua esposa.

– Minha ama – exclamei –, e eu, seu escravo!

– Nem mais uma palavra sobre escravidão, sobre crueldade e chicote – interrompeu-me Vanda –; disso tudo, só deixo passar o casaco de peles; venha e me ajude a vesti-lo.

*

O pequeno relógio de bronze, sobre o qual se encontra um cupido que acabou de disparar sua seta, bateu meia-noite.

Levantei-me, queria ir embora.

Vanda não disse nada, mas me abraçou e me puxou de volta para a otomana e recomeçou a me beijar, e esse idioma mudo tinha algo de tão compreensível, tão convincente...

E ela disse ainda mais do que eu ousava compreender; havia tamanha entrega languescente em todo o ser de Vanda, e que brandura voluptuosa em seus olhos semicerrados, crepusculares, na torrente rubra de seu cabelo, que reluzia ligeiramente sob o pó de arroz branco, no cetim branco e vermelho que crepitava em torno dela a cada movimento, no arminho tumescente do casabeque em que ela se aconchegava negligentemente.

– Eu te peço – balbuciei –, mas ficarás zangada.

— Faz comigo o que quiseres — sussurrou ela —, pois afinal te pertenço.

— Então me pisoteia, eu te peço, do contrário enlouquecerei.

— Não te proibi — disse Vanda com severidade —, mas tu és incorrigível.

— Ah! Estou tão terrivelmente apaixonado.

Eu caíra de joelhos e apertava meu rosto ardente contra o colo dela.

— Realmente acredito — disse Vanda pensativa — que toda a tua loucura é apenas uma sensualidade demoníaca, insaciada. *Nossa inaturalidade necessariamente gera tais doenças.* Se fosses menos virtuoso, serias completamente razoável.

— Bem, então torna-me sensato — murmurei. Minhas mãos remexiam seus cabelos e as peles brilhantes, que, feito uma onda iluminada pela luz do luar, transtornando todos os sentidos, levantava e baixava sobre o peito oscilante dela.

E a beijei... Não, ela me beijou, de maneira tão selvagem, tão implacável como se quisesse me matar com seus beijos. Achava-me numa espécie de delírio, perdera há muito minha razão, mas por fim também não tinha mais fôlego. Procurei me desvencilhar.

— O que tens? — perguntou Vanda.

— Sofro terrivelmente.

— Sofres? — ela irrompeu numa risada sonora, maliciosa.

— Podes rir! — suspirei —; será que não suspeitas que...

Ficou séria de repente, endireitou minha cabeça com as mãos e então me puxou com um movimento violento contra seu peito.

– Vanda! – balbuciei.

– Certo, afinal o sofrimento te dá prazer – disse ela e recomeçou a rir –; mas espera, já irei tornar-te sensato.

– Não, não quero continuar perguntando – exclamei – se queres ser minha para sempre ou apenas por um instante bem-aventurado, quero gozar minha felicidade; agora és minha, e melhor te perder do que jamais te possuir.

– Então és razoável – disse ela e voltou a me beijar com seus lábios assassinos, e arranquei o arminho, as rendas, e o seu peito nu subia e descia contra o meu.

Então perdi os sentidos.

Só tenho lembranças outra vez a partir do instante em que vi sangue gotejando de minha mão e ela perguntou apaticamente:

– Tu me arranhaste?

– Não, acho que te mordi.

É curioso como cada circunstância da vida adquire outra feição tão logo chega uma nova pessoa.

Passamos juntos dias magníficos, visitamos as montanhas, os lagos, lemos juntos e concluí o retrato de Vanda. E como nos amávamos, quantos risos no rosto encantador dela!

Chega então uma amiga, uma mulher divorciada, um pouco mais velha, um pouco mais experiente e um pouco menos conscienciosa do que Vanda, e eis que a influência dela já se faz valer em todos os aspectos.

Vanda franze a testa e mostra certa impaciência comigo.

Não me amará mais?

*

Já são quase duas semanas dessa coerção intolerável. A amiga está hospedada com ela, nunca estamos sozinhos. Um grupo de senhores cerca as duas jovens mulheres. Na condição de amante, represento um tolo papel com minha seriedade, minha melancolia. Vanda me trata como a um estranho.

Hoje, num passeio, ela ficou para trás comigo. Vi que fora proposital e exultei. Mas as coisas que me disse!

– Minha amiga não compreende como posso amar o senhor, não o acha bonito nem especialmente atraente, e, além disso, ela me entretém desde cedo até tarde da noite falando da vida esplêndida e frívola da capital, das exigências que eu poderia fazer, dos grandes partidos que encontraria, dos nobres e belos adoradores que cativaria. Mas de que adianta tudo isso; simplesmente amo o senhor.

Fiquei sem fôlego por um instante, então disse:
– Por Deus que não desejo ficar no caminho de sua felicidade, Vanda. Não mostre mais qualquer consideração por mim.

Nisso, tirei meu chapéu e deixei que ela se adiantasse. Olhou-me espantada, mas não respondeu uma sílaba.

Porém, ao me aproximar dela outra vez, por acaso, no caminho de volta, ela me apertou furtivamente a mão e seu olhar me atingiu de maneira tão cálida, com tamanhas promessas de felicidade que todos os tormentos desses dias foram esquecidos no mesmo instante, e todas as feridas, curadas.

Agora sei outra vez o quanto a amo.

*

– Minha amiga se queixou de ti – disse-me Vanda hoje.

– Talvez ela sinta que a detesto.

– Por que afinal a detestas, pequeno louco? – exclamou Vanda, e me tomou pelas orelhas com ambas as mãos.

– Porque ela é hipócrita – disse –; só respeito a mulher que for virtuosa, ou que vive abertamente para o gozo.

– Como eu – retrucou Vanda zombeteiramente –; mas percebes, meu filho, que a mulher só pode fazê-lo nos mais raros casos. Ela não pode ser tão jovialmente sensual nem tão intelectualmente livre quanto o homem, o amor dela é sempre um estado misto de sensualidade e inclinação intelectual. O coração dela anseia por cativar o homem duradouramente, ao passo que ela própria está sujeita à mudança; dessa forma, a discórdia, a mentira e o logro, na maioria das vezes contra a sua vontade, acabam se intrometendo em seu agir, em seu ser, e corrompem seu caráter.

– Por certo que é assim – eu disse –; o caráter transcendental que a mulher quer imprimir ao amor leva-a ao logro.

– Mas o mundo também o exige – interrompeu-me Vanda –; observa essa mulher: tem um marido e um amante em Lemberg, e aqui encontrou um novo adorador, e engana a todos, e, no entanto, é venerada por todos e respeitada pelo mundo.

– Como quiser – exclamei –, desde que te deixe fora do jogo, mas afinal ela te trata como uma mercadoria.

– Por que não? – interrompeu-me vivamente a bela mulher. – Toda mulher tem o instinto, a inclinação a tirar proveito de seus encantos, e há muitos ganhos em entregar-se sem amor, sem prazer; ao agir assim, ela conserva perfeitamente seu sangue-frio e pode tirar lá suas vantagens.

– Vanda! És tu que dizes isso?

– Por que não? – disse ela. – Guarda sobretudo o que agora te digo: *nunca te sintas seguro com a mulher a quem amas*, pois a natureza da mulher oculta mais perigos do que acreditas. As mulheres não são nem tão *boas* quanto seus adoradores e defensores as fazem parecer, nem tão *ruins* quanto seus inimigos as pintam. *O caráter da mulher é a falta de caráter.* A melhor das mulheres afunda momentaneamente na imundície, a pior delas eleva-se inesperadamente a grandes, boas ações e envergonha seus desprezadores. Mulher alguma é tão boa ou tão má a ponto de não ser capaz, a qualquer instante, tanto dos pensamentos, sentimentos e atos mais diabólicos como dos mais divinos, dos mais imundos como dos mais puros. Apesar de todos os progressos da civilização, a mulher simplesmente se manteve tal como saiu das mãos da natureza, ela tem o caráter do *selvagem*, que se mostra fiel e infiel, generoso e cruel de acordo com o sentimento que o domina em dado instante. Em todos os tempos, foi apenas a séria e profunda educação que criou o caráter moral; assim, mesmo quando egoísta, malévolo, o homem sempre segue *princípios*, mas a mulher sempre segue *sentimentos*. Jamais esqueças disso e jamais te sintas seguro com a mulher a quem amas.

*

A amiga partiu. Finalmente uma noite a sós com ela. É como se Vanda tivesse poupado todo o amor de que me privou para esta única noite bem-aventurada, tão bondosa ela é, tão efusiva, tão cheia de benevolência.

Que bem-aventurança é beijá-la, agonizar em seus braços e então, quando ela está inteiramente esgotada, inteiramente entregue a mim, descansando junto a meu peito, nossos olhos, extasiados, mergulham nos olhos do outro.

Ainda não consigo acreditar, não consigo conceber que essa mulher é minha, completamente minha.

– Mas num ponto ela tem razão – começou Vanda, sem se mexer, sem sequer abrir os olhos, como se estivesse dormindo.

– Quem?

Ela ficou em silêncio.

– Tua amiga?

Ela assentiu.

– Sim, ela tem razão, tu não és homem, és um fantasista, um agradável adorador, e serias com certeza um escravo inestimável, mas não consigo te imaginar como marido.

Tomei um susto.

– O que tens? Estás tremendo?

– Tremo ao pensamento de como é fácil te perder – respondi.

– Bem, estás agora menos feliz por causa disso? – replicou ela –, rouba algo de tuas alegrias o fato de eu ter pertencido a outros antes de ti, de que outros me possuirão depois de ti, e seria menor teu prazer se um outro fosse feliz ao mesmo tempo que tu?

– Vanda!

– Vês – prosseguiu –, essa seria uma saída. Não queres me perder nunca, gosto de ti e me agradas tanto intelectualmente que sempre gostaria de viver contigo se, além de ti...

– Que ideia! – soltei um grito –, sinto uma espécie de horror a ti.

– E me amas menos?

– Pelo contrário.

Vanda se erguera, apoiando-se no braço esquerdo.

– Acredito – disse ela – que para cativar um homem para sempre é preciso, sobretudo, não lhe ser fiel. Que mulher honesta foi alguma vez tão adorada quanto uma hetera?

– De fato, na infidelidade de uma mulher amada reside um estímulo doloroso, a máxima volúpia.

– Também para ti? – perguntou Vanda rapidamente.

– Também para mim.

– E se, portanto, eu te conceder esse prazer? – exclamou Vanda de modo zombeteiro.

– Sofrerei terrivelmente, mas então te adorarei muito mais – respondi –, só que nunca poderias me enganar, precisarias ter a grandeza demoníaca de me dizer: "Amarei só a ti, mas farei feliz a todo aquele que me agradar".

Vanda balançou a cabeça.

– Repugna-me o ludíbrio, sou honesta, mas que homem não sucumbe sob o peso da verdade? Se eu te dissesse: "Esta vida sensualmente jovial, este paganismo é meu ideal", terias a força de suportá-lo?

– Sem dúvida. Quero suportar tudo o que venha de ti, só não quero te perder. Chego a sentir o quão pouco realmente sou para ti.

– Mas, Severin...

– Mas é assim que é... – eu disse –, e justamente por isso...

– Por isso gostarias... – ela riu marotamente – ...adivinhei?

– De ser teu escravo! – exclamei –, tua propriedade irrestrita, sem vontade própria, propriedade da qual possas dispor como quiseres e que, por isso, jamais poderá se tornar um fardo para ti. Enquanto sorves a vida em largos goles, enquanto gozas a jovial alegria, o amor do Olimpo deitada em luxo exuberante, eu gostaria de servir-te, de calçar e descalçar teus sapatos.

– No fundo, não estás assim tão enganado – replicou Vanda –, pois apenas como meu escravo poderias suportar que eu amasse outros homens, e, ademais, a liberdade de gozo do mundo antigo é inimaginável sem escravidão. Oh! Ver pessoas ajoelhadas, tremendo diante de nós deve produzir um sentimento de ser semelhante a Deus. Quero ter escravos, estás ouvindo, Severin?

– Não sou teu escravo?

– Ouve-me, pois – disse Vanda, exasperada, tomando minha mão –, quero ser tua, enquanto te amar.

– Um mês?

– Talvez até dois.

– E então?

– Então serás meu escravo.

– E tu?

– Eu? O que ainda perguntas? Sou uma deusa e às vezes desço furtiva, bem furtiva e secretamente de meu Olimpo até tua presença. Mas o que é isso tudo – disse Vanda, a cabeça apoiada em ambas as mãos, o olhar perdido na lonjura –, uma fantasia dourada que jamais pode se tornar verdadeira.

Uma melancolia sinistra, cismarenta se derramara sobre todo o seu ser; nunca a vira assim.

– E por que seria irrealizável? – comecei.

– Porque não há escravidão entre nós.

– Então iremos a um país onde ainda persista, ao Oriente, à Turquia – eu disse vivamente.

– Quererias... Severin... a sério – respondeu Vanda. Seus olhos estavam em chamas.

– Sim, quero ser teu escravo a sério – prossegui –, quero que teu poder sobre mim seja santificado pela lei, que minha vida esteja em tuas mãos, que nada neste mundo possa me proteger ou me salvar de ti. Oh! Que volúpia será sentir-me completamente dependente apenas de teu despotismo, de teus caprichos, de um aceno de teu dedo. E então, que bem-aventurança será se alguma vez fores clemente, se o escravo obtiver permissão de beijar os lábios dos quais, para ele, dependem a morte e a vida!

Ajoelhei-me e apoiei minha testa quente ao joelho dela.

– Estás febril, Severin – disse Vanda, agitada –, e realmente me amas de maneira tão infinita?

Ela me apertou contra o peito e me cobriu de beijos.

– Queres, então? – começou ela, hesitante.

– Juro-te aqui, por Deus e por minha honra, que sou teu escravo, onde e quando quiseres, tão logo o ordenes – exclamei, mal ainda senhor de mim.

– E se eu te levar ao pé da letra? – exclamou Vanda.

– Faze-o.

– É para mim um encanto – disse ela em seguida – que dificilmente tem paralelo saber que um homem que me adora e a quem amo de toda a alma se entrega de forma tão completa a mim, na dependência de minha vontade, de meus caprichos, ser dona desse homem como escravo, enquanto eu...

Olhou-me de maneira singular.

– Se me tornar verdadeiramente frívola, a culpa será tua – prosseguiu ela –; quase acredito que agora já tens medo de mim, mas tenho o teu juramento.

– E vou cumpri-lo.

– Podes deixar que cuidarei disso – respondeu ela. – Agora encontro prazer nisso, agora, por Deus, não ficaremos mais por muito tempo nas fantasias. Serás meu escravo, e eu... eu tentarei ser *a Vênus das peles*.

Eu acreditava finalmente conhecer essa mulher, compreendê-la, e agora vejo que posso começar outra vez do início. Com que aversão, ainda há pouco, ela acolhia minhas fantasias, e com que seriedade se dedica agora à realização delas.

Ela esboçou um contrato pelo qual me obrigo, mediante palavra de honra e juramento, a ser escravo dela enquanto ela quiser.

Com o braço envolvendo meu pescoço, ela me lê o inaudito, inacreditável documento; depois de cada frase, um beijo marca o ponto final.

– Mas o contrato contém apenas deveres para mim – eu disse, gracejando com ela.

– Naturalmente – respondeu ela com grande seriedade –, deixas de ser meu amado e, portanto, estou dispensada de todos os deveres, de todas as considerações por ti. Deves então encarar minha bondade como clemência, não tens mais direito algum e, por isso, tampouco poderás reivindicar qualquer um. Meu poder sobre ti não pode ter quaisquer limites.

Reflete, homem, então não serás muito melhor do que um cão, uma coisa inanimada; serás meu objeto, meu joguete, que posso quebrar tão logo me prometa uma hora de passatempo. Não és nada, e eu sou tudo. Compreendes?

Ela riu e me beijou outra vez, e, no entanto, senti uma espécie de arrepio.

– Não me permitirias algumas condições... – comecei.

– Condições? – ela franziu a testa. – Ah! Já tens medo, ou até te arrependes, mas tudo isso vem muito tarde; tenho teu juramento, tua palavra de honra. Mas fala.

– Em primeiro lugar, gostaria de incluir em nosso contrato que jamais te separarás completamente de mim, e depois, que jamais me abandonarás à brutalidade de algum de teus adoradores...

– Mas, Severin – exclamou Vanda com voz comovida, lágrimas nos olhos –, és capaz de acreditar que eu... com um homem que tanto me ama, que se entrega tão completamente em minhas mãos... – ela estacou.

– Não! Não! – eu disse, cobrindo de beijos as mãos dela –, nada temo de ti que possa me desonrar, perdoa-me este momento ignóbil.

Vanda sorriu, ditosa, encostou a face na minha e parecia refletir.

– Esqueceste algo – sussurrou ela então travessamente –, o mais importante.

– Uma condição?

— Sim, que eu sempre deva usar peles – exclamou Vanda –, mas isso é algo que te prometo; eu usarei as peles já pelo fato de me darem a sensação de ser uma déspota, e quero ser muito cruel contigo, entendes?

— Posso assinar o contrato? – perguntei.

— Ainda não – disse Vanda –; antes disso, acrescentarei as tuas condições, e, sobretudo, só o assinarás no lugar apropriado.

— Em Constantinopla.

— Não. Refleti a respeito. Que valor teria para mim ter um escravo lá onde todo mundo tem escravos; quero ter um escravo aqui, em nosso mundo cultivado, insosso, filistino, *quero ser a única a ter um escravo*, e, mais exatamente, um escravo que não seja entregue em minhas mãos pela lei, pelo meu direito ou pela força bruta, mas que, sem vontade própria, seja entregue em minhas mãos tão somente pelo poder de minha beleza e de meu ser. Acho isso picante. De qualquer modo, iremos a um país onde ninguém nos conheça, e onde, por isso, possas aparecer diante do mundo, sem escândalo, na qualidade de meu criado. Talvez à Itália, a Roma ou Nápoles.

*

Estávamos sentados na otomana de Vanda, ela vestindo o casaco de arminho, o cabelo solto caindo pelas costas como uma juba de leão, e ela me beijava e me sugava a alma do corpo. Minha cabeça girava, meu sangue começou a ferver, meu coração batia violentamente contra o dela.

– Quero estar inteiramente em tuas mãos, Vanda – exclamei de súbito, tomado por aquela embriaguez da paixão em que mal ainda consigo pensar de forma clara ou decidir livremente –, sem qualquer condição, sem qualquer restrição do teu poder sobre mim, quero abandonar-me à mercê de teu despotismo.

Enquanto dizia isso, deslizara da otomana até os pés de Vanda, e fiquei a olhar, inebriado, para cima, para ela.

– Como estás belo agora – exclamou ela –, teus olhos meio desfalecidos, como num êxtase, me fascinam, me arrebatam, teu olhar deveria ser magnífico se fosses chicoteado até a morte, ao agonizar feito um animal. Tens os olhos de um mártir.

*

Vez por outra, contudo, acomete-me uma sensação algo sinistra por me entregar de maneira tão completa, tão incondicional nas mãos de uma mulher. E se ela abusar de seu poder, de minha paixão?

Só então me dou conta do que desde pequeno ocupava minha fantasia, do que sempre me enchia de doce horror. Tola preocupação! O que ela faz comigo é um jogo malicioso, não mais do que isso. Ela me ama, afinal, e é muito bondosa, uma natureza nobre, incapaz de qualquer infidelidade; mas então está nas mãos dela... *ela pode, se quiser*... que fascinação há nessa dúvida, nesse medo.

*

Agora compreendo Manon Lescault e o pobre cavaleiro que ainda a adora quando ela é amante de outro, e até no pelourinho.

O amor não conhece qualquer virtude, qualquer mérito, ele ama e perdoa e tolera tudo porque precisa fazê-lo; não é nosso juízo que nos guia, não são os primores ou os defeitos que descobrimos que nos incitam à entrega ou nos intimidam.

O que nos impulsiona é uma força doce, melancólica, misteriosa, e cessamos de pensar, de sentir, de querer, deixamo-nos impelir por ela e não perguntamos para onde.

*

Durante o passeio, mostrou-se hoje, pela primeira vez, um príncipe russo que causou sensação geral por sua figura atlética, suas belas feições, o luxo de sua aparência. As mulheres, em especial, olhavam-no admiradas como se fosse um animal selvagem, mas ele caminhava soturnamente pelas aleias, a ninguém dando atenção, acompanhado por dois serviçais, um negro inteiramente vestido de cetim vermelho e um circassiano de armadura completa e reluzente. De súbito, ele viu Vanda, fixou nela seu olhar frio e penetrante, chegando a virar a cabeça na sua direção, e, quando ela tinha passado, ficou parado e a seguiu com o olhar.

E ela... ela apenas o devorou com seus faiscantes olhos verdes... e fez de tudo para encontrá-lo outra vez.

O refinado coquetismo com que ela caminhava, se movia e o olhava me deu um nó na garganta. Quando voltávamos para casa, fiz uma observação a respeito. Ela franziu a testa.

– O que queres, afinal – disse ela –, o príncipe é um homem que poderia me agradar, que inclusive me deslumbra, e sou livre, posso fazer o que quero...

– Não me amas mais... – balbuciei assustado.

– Amo somente a ti – respondeu ela –, mas deixarei que o príncipe me corteje.

– Vanda!

– Não és meu escravo? – disse ela calmamente. – Não sou Vênus, a cruel Vênus do Norte, a Vênus das peles?

Calei-me; senti-me realmente esmagado pelas palavras dela, seu olhar frio me penetrava como um punhal no coração.

– Irás averiguar imediatamente o nome, o endereço e tudo o que disser respeito ao príncipe, compreendes? – prosseguiu.

– Mas...

– Nada de objeções. Obedece! – exclamou Vanda com um rigor de que jamais a teria considerado capaz. – Não ouses aparecer até que possas responder a todas as minhas perguntas.

*

Apenas à tarde pude levar para Vanda as informações desejadas. Deixou-me ficar parado diante dela como um empregado, enquanto me ouvia, sorrindo, reclinada no *fauteuil*. Então assentiu com a cabeça; parecia satisfeita.

– Passa-me o escabelo! – ordenou laconicamente.

Obedeci, e, após tê-lo colocado diante dela e ela ter apoiado nele os pés, permaneci ajoelhado diante dela.

– Como terminará isso? – perguntei tristemente após uma breve pausa.

Ela irrompeu numa gargalhada maliciosa.

– Nem sequer começou.

– Tu és mais sem coração do que eu pensava – repliquei ofendido.

– Severin – começou Vanda, séria. – Ainda não fiz nada, nem a coisa mais ínfima, e já me chamas de sem coração. Como será quando eu realizar tuas fantasias, quando levar uma vida alegre e livre, tiver a meu redor um grupo de adoradores e der-te por inteiro teu ideal, der-te pontapés e chicotadas?

– Levas minha fantasia muito a sério.

– Muito a sério? Tão logo a realize, não posso me limitar às brincadeiras – replicou ela –; sabes o quanto detesto todos os jogos, todas as comédias. Foste tu que quiseste as coisas dessa forma. A ideia foi minha ou tua? Fui eu que te seduzi a ela, ou foste tu que inflamaste minha imaginação? Agora, de toda forma, isso é sério para mim.

– Vanda – respondi com carinho –, ouve-me calmamente. Amamo-nos de modo tão infinito, somos tão felizes, queres sacrificar todo o nosso futuro a um capricho?

– Não é mais um capricho! – exclamou ela.

– O que é então? – perguntei assustado.

– Provavelmente era algo que estava em mim – disse ela de modo calmo, como que a refletir –, talvez jamais tivesse vindo à luz, mas tu o despertaste, desenvolveste, e agora que se tornou um impulso poderoso, agora que me preenche por inteiro, quando encontro prazer nisso, quando não posso nem quero mais agir de outro modo, agora *tu* queres voltar atrás... tu... tu és um homem?

– Querida, cara Vanda! – comecei a acariciá-la, a beijá-la.

– Solta-me... tu não és homem...

– E tu! – exaltei-me.

– Eu sou teimosa – disse ela –, sabes disso. Não sou forte no fantasiar e fraca no realizar, como tu; se me proponho a algo, faço-o, e com uma segurança tanto maior quanto maior for a resistência que eu encontre. Deixa-me!

Empurrou-me para longe e levantou-se.

– Vanda! – também me levantei e fiquei diante dela, olhos nos olhos.

– Agora me conheces – prosseguiu ela –, advirto-te mais uma vez. Ainda tens escolha. Não te obrigo a te tornares meu escravo.

– Vanda – respondi comovido, vieram-me lágrimas aos olhos –, não sabes como te amo.

Ela contraiu desdenhosamente os lábios.

– Enganas-te, fazes-te mais feia do que és, tua natureza é boa demais, nobre demais...

– Que sabes sobre minha natureza – interrompeu-me ela bruscamente –, ainda precisas me conhecer.

– Vanda!

– Decide-te; queres submeter-te, incondicionalmente?

– E se eu disser não?

– Então...

Ela veio em minha direção, fria e sarcástica, e, do modo como estava de pé diante de mim, os braços cruzados sobre o peito, o sorriso malévolo em torno dos lábios, era de fato a mulher despótica de minha fantasia, e seus traços pareciam duros, e em seu olhar não havia nada que prometesse bondade ou misericórdia.

– Bem... – disse ela finalmente.

– Tu és malévola – eu disse –, tu vais me chicotear.

– Oh, não! – replicou ela –, vou deixar-te ir. Estás livre. Não te prendo.

– Vanda... a mim, que tanto te ama...

– Sim, ao senhor, meu caro, que me adora – exclamou ela com desdém –, mas que é um covarde, um mentiroso, alguém que falta à sua palavra. Deixe-me neste instante...

– Vanda!...

– Criatura!

O sangue subiu-me ao coração. Lancei-me aos pés dela e comecei a chorar.

– Lágrimas, ainda! – ela começou a rir. Oh! Essa risada era terrível. – Vá... não quero mais vê-lo.

– Meu Deus! – exclamei fora de mim. – Quero fazer tudo o que ordenas, ser teu escravo, tua coisa, da qual dispões a teu bel-prazer... só não me afastes de ti... sucumbo... não posso viver sem ti – abracei os joelhos dela e cobri suas mãos de beijos.

– Sim, tens de ser escravo, sentir o chicote... pois não és um homem – disse ela calmamente, e o que deveras feriu meu coração foi que não me disse isso com fúria, nem sequer com exaltação, mas com plena ponderação. – Agora te conheço, conheço tua natureza canina, que adora quando é chutada, e tanto mais quanto mais é maltratada. Agora te conheço, mas tu ainda precisarás me conhecer.

Ela caminhava para cima e para baixo a grandes passos, enquanto eu, aniquilado, permaneci de joelhos, a cabeça caída, as lágrimas escorrendo.

– Aproxima-te – ordenou Vanda, sentando-se na otomana.

Segui o aceno dela e me sentei a seu lado. Olhava-me de modo sombrio, e então, de súbito, seus olhos se iluminaram a partir de dentro, por assim dizer, e ela me puxou sorrindo para junto de seu peito e começou a beijar as lágrimas de meus olhos.

*

O lado humorístico de minha situação é que, como o urso do parque de Lili*, posso fugir e não quero, que eu suporte tudo tão logo ela ameace dar-me a liberdade.

*

Se ela apenas tomasse outra vez o chicote! Essa amabilidade com que me trata tem para mim algo

---

* "O parque de Lili", poema de Goethe. (N.T.)

de sinistro. Tenho a impressão de ser um ratinho engaiolado com o qual uma bela gata brinca graciosamente, a cada instante pronta a dilacerá-lo, e meu coração de rato ameaça rebentar.

O que ela pretende? O que aprontará comigo?

*

Ela parece ter esquecido completamente o contrato, a minha escravidão, ou foi realmente apenas teimosia, e ela abandonou o plano todo no mesmo instante em que não lhe ofereci mais qualquer resistência, em que me curvei ao capricho soberano dela?

Como é bondosa comigo agora, como é carinhosa, como é amável. Passamos dias venturosos.

Hoje ela me mandou ler a cena entre Fausto e Mefistófeles em que este aparece como escolástico vagante; o olhar dela ficou pousado em mim com estranha satisfação.

– Não compreendo – disse ela quando concluí – como um homem pode apresentar grandes e belos pensamentos numa recitação de forma tão maravilhosamente clara, de forma tão precisa, tão razoável e, ao mesmo tempo, ser um fantasista desses, um Schlemihl* suprassensual.

– Ficaste satisfeita? – eu disse, e beijei sua mão.

Ela me acariciou gentilmente a testa.

– Eu te amo, Severin – sussurrou ela –, acredito que não poderia mais amar homem algum. Vamos ser sensatos; queres sê-lo?

Em vez de responder, apertei-a em meus braços; uma felicidade profundamente efusiva, melancólica,

---

* Alusão à novela *A estranha história de Peter Schlemihl*, do escritor alemão Adelbert von Chamisso (1781-1838), cujo protagonista vende sua sombra ao mal e por isso é excluído da sociedade. (N.T.)

enchia meu peito; meus olhos ficaram molhados, uma lágrima caiu na mão dela.

– Como choras! – exclamou ela –, és uma criança.

*

Num passeio de coche encontramos a carruagem do príncipe russo. De forma manifesta, estava desagradavelmente surpreso de ver-me ao lado de Vanda e parecia querer trespassá-la com seus olhos elétricos e cinzentos, mas ela – eu teria, nesse instante, gostado de me ajoelhar diante dela e beijar seus pés –, ela parecia não o perceber, deixou o olhar deslizar indiferentemente sobre ele, como se fosse um objeto inanimado, talvez uma árvore, e então se voltou para mim com seu sorriso encantador.

*

Quando lhe disse boa-noite hoje, ela me pareceu repentinamente, sem qualquer motivo, distraída e mal-humorada. O que a ocuparia?

– É uma lástima que vás – disse ela, quando eu já estava na soleira.

– Depende só de ti abreviar meu difícil período de prova; desiste de me torturar... – implorei.

– Não supões, portanto, que essa coerção também seja um tormento para mim – objetou Vanda.

– Então lhe dá um fim – exclamei, abraçando-a –, torna-te minha mulher.

– *Jamais, Severin* – disse ela suavemente, mas com grande firmeza.

– O que queres dizer?

Estava apavorado até o mais íntimo de minha alma.

– *Não és homem para mim.*

Olhei-a, retirei lentamente o braço que ainda envolvia sua cintura e deixei o aposento, e ela... ela não me chamou de volta.

*

Uma noite insone, tomei tantas e tantas decisões e voltei a rejeitá-las. Pela manhã, escrevi uma carta em que declarava terminada nossa relação. Minha mão tremia, e, ao selá-la, queimei-me os dedos.

Quando subi a escada a fim de entregá-la à empregada, meus joelhos ameaçaram fraquejar.

Então a porta se abriu e Vanda meteu para fora a cabeça cheia de papelotes.

– Ainda não frisei meu cabelo – disse ela sorrindo –; o que o senhor tem aí?

– Uma carta...

– Para mim?

Assenti.

– Ah! O senhor quer romper comigo – exclamou ela zombeteiramente.

– A senhora não declarou ontem que não sou homem para a senhora?

– *Repito-lhe isso* – disse ela.

– Então – eu tremia de corpo inteiro, a voz não saía, estendi-lhe a carta.

— Fique com ela — disse, observando-me friamente —; o senhor esquece que está absolutamente fora de questão saber se me satisfaz ou não como *homem*, e para *escravo*, em todo o caso, o senhor é bom o bastante.

— Minha senhora! — exclamei indignado.

— Sim, é assim que o senhor deverá me chamar no futuro — replicou Vanda, lançando a cabeça para o alto com indizível desdém —; resolva seus assuntos dentro de 24 horas, depois de amanhã viajo à Itália e o senhor me acompanhará na qualidade de criado.

— Vanda...

— Proíbo toda intimidade no trato comigo — disse ela cortando-me abruptamente a palavra —, da mesma forma, proíbo que o senhor, sem eu chamar ou tocar a sineta, entre em meus aposentos, e que fale comigo sem que eu lhe dirija a palavra. A partir de agora, o senhor não se chama mais Severin, e sim *Gregor*.

Eu tremia de raiva e, no entanto... infelizmente não posso negar... também de gozo e de ardente excitação.

— Mas, minha senhora, a senhora conhece minha situação — comecei perplexo —, ainda dependo de meu pai e, considerando a grande soma de que preciso para essa viagem, duvido que ele...

— Quer dizer, não tens dinheiro, Gregor — observou Vanda deliciada —; tanto melhor, pois então serás completamente dependente de mim e, de fato, meu escravo.

— A senhora não considera — tentei objetar — que eu, na condição de homem de honra, não poderia...

– Considerei muito bem – redarguiu ela quase em tom de ordem – que o senhor, na qualidade de homem de honra, tem sobretudo de cumprir seu juramento, sua palavra quanto a seguir-me como escravo aonde eu mandar, e obedecer-me em tudo o que eu vier a ordenar. Agora vai, Gregor!

Voltei-me na direção da porta.

– Ainda não... antes, tens permissão de beijar minha mão – nisso, estendeu-a para o beijo com uma certa negligência altiva, e eu... eu, diletante... eu, asno... eu, miserável escravo... apertei-a com intensa ternura contra meus lábios secos do calor e da excitação.

Além disso, um aceno condescendente com a cabeça.

Então eu estava dispensado.

*

Tarde da noite, ainda estavam acesas as velas e o fogo na grande estufa verde, pois eu ainda tinha algumas coisas a providenciar no que respeita à correspondência e às minhas anotações, e o outono, como acontece habitualmente entre nós, chegara de súbito com plena força.

De repente, ela bateu com o cabo do chicote na minha janela.

Abri e vi-a parada lá fora com seu casaco guarnecido de arminho e um chapéu cossaco alto e redondo de arminho, do tipo que a grande Catarina gostava de usar.

— Estás pronto, Gregor? — perguntou ela sombriamente.

— Ainda não, ama — respondi.

— A palavra me agrada — disse ela a isso —, deves sempre me chamar de ama, compreendes? Partiremos amanhã cedo, às nove horas. Até a capital do distrito serás meu acompanhante, meu amigo; a partir do instante em que embarcarmos no vagão... meu escravo, meu criado. Agora fecha a janela e abre a porta.

Depois de fazer o que ela ordenara e de ela ter entrado, Vanda perguntou, franzindo zombeteiramente as sobrancelhas:

— Bem, agrado-te?

— Tu...

— Quem foi que te autorizou — ela me deu um golpe com o chicote.

— A senhora está magnificamente bela, ama.

Vanda sorriu e sentou-se em minha poltrona.

— Ajoelha-te aqui... aqui ao lado de minha poltrona.

Obedeci.

— Beija minha mão.

Tomei sua mão pequena e fria, e a beijei.

— E a boca...

Enlacei meus braços em êxtase passional em torno da bela e cruel mulher, e cobri sua face, sua boca e seus seios com beijos ardentes, e ela os devolveu com o mesmo fogo... as pálpebras cerradas, como em sonho... até depois da meia-noite.

*

    Pontualmente às nove horas da manhã, conforme ela ordenara, estava tudo pronto para a partida, e deixamos numa confortável caleche o pequeno balneário dos Cárpatos no qual o mais interessante drama de minha vida fora amarrado num nó cujo desenlace mal podia ser imaginado por alguém naquela época.

    Tudo ainda andava bem. Eu estava sentado ao lado de Vanda e ela conversava comigo, como faria com um bom amigo, da maneira mais amável e mais espirituosa sobre a Itália, sobre o novo romance de Pisemski e a música wagneriana. Para a viagem, vestia uma espécie de amazona, um vestido negro e um casaco curto do mesmo tecido com guarnição escura de peles, peças que lhe ficavam bem justas nas formas esbeltas e as realçavam magnificamente, e, por cima, um casaco de viagem, escuro, de peles. O cabelo amarrado num coque antigo descansava sob uma pequena touca escura de peles, da qual caía um véu negro que fazia toda a volta. Vanda estava extremamente bem-disposta, colocava-me bombons na boca, frisava meu cabelo, soltava meu cachecol e o amarrava num pequeno e gracioso nó, cobria meus joelhos com suas peles para então, furtivamente, apertar os dedos de minha mão, e quando, logicamente, nosso cocheiro judeu cochilou por algum tempo, ela até me deu um beijo, e seus lábios frios tinham aquele aroma fresco e glacial de uma rosa nova que floresce solitária no outono entre arbustos desfolhados e folhas amarelas, e cujo cálice a primeira geada cumulou de pequenos diamantes de gelo.

*

Eis a capital do distrito. Desembarcamos diante da estação ferroviária. Vanda tira o casaco de peles e, com um sorriso encantador, coloca-o sobre meu braço, em seguida vai comprar as passagens.

Ao retornar, está completamente mudada.

– Aqui está teu bilhete, Gregor – diz ela no tom em que damas arrogantes falam a seus lacaios.

– Um bilhete de terceira classe – respondo com curioso assombro.

– Naturalmente – prossegue ela –; agora presta atenção: só embarcarás quando eu estiver no compartimento e não precisar mais de ti. A cada estação, deverás correr até meu vagão e perguntar quais são minhas ordens. Não vais deixar de fazê-lo. E agora devolve meu casaco.

Depois que a ajudei a vesti-lo, humildemente como um escravo, ela, seguida por mim, procurou um compartimento vazio de primeira classe, saltou para dentro apoiada em meu ombro e me mandou envolver seus pés em peles de urso e apoiá-los sobre a botija de água quente.

Então me acenou com a cabeça e me dispensou. Embarquei lentamente num vagão da terceira classe, repleto da mais ordinária fumaceira de tabaco tal como o limbo estava repleto das brumas do Aqueronte, e então tinha o ócio para refletir sobre os enigmas da existência humana, e sobre o maior desses enigmas – *a mulher*.

*

Sempre que o trem para, salto para fora, corro ao vagão dela e aguardo, boné na mão, suas ordens. Ora ela deseja um café, ora um copo d'água; uma vez uma pequena refeição, doutra vez uma bacia com água quente para lavar-se as mãos, e assim vai indo; ela permite que alguns cavalheiros que embarcaram no compartimento dela lhe façam a corte; morro de ciúme e preciso dar saltos feito uma cabra-de-leque a fim de sempre arranjar depressa o exigido e não perder o trem. Assim cai a noite. Não posso comer coisa alguma nem dormir, respiro o mesmo ar acebolado que camponeses poloneses, negociantes judeus e soldados rasos, e ela, quando subo os degraus de seu compartimento, está estendida sobre almofadas, vestindo confortáveis peles, coberta com peles de animais: uma déspota oriental; e os senhores, feito deuses indianos, estão sentados junto à parede, eretos, e mal ousam respirar.

*

Em Viena, onde ela fica por um dia a fim de fazer compras e, sobretudo, adquirir uma série de roupas luxuosas, ela prossegue me tratando como seu criado. Ando atrás dela, a respeitosos dez passos de distância, ela me passa os pacotes, sem me conceder sequer um olhar amistoso, e por fim me deixa, carregado feito um asno, segui-la ofegante.

Antes da partida, toma todas as minhas roupas a fim de presenteá-las aos garçons do hotel e me ordena vestir a libré deles, um uniforme de cracoviano nas cores deles, azul-claro com lapela vermelha e boné quadrado vermelho enfeitado com penas de pavão, que não me fica nada mal.

Os botões prateados ostentam o brasão deles. Tenho a sensação de ter sido vendido ou de que vendi minha alma ao diabo.

*

Meu belo diabo me leva numa viagem de Viena a Florença; em vez dos masurianos com roupas de linho e dos judeus de cachos sebentos, fazem-me agora companhia *contadini* crespos, um vistoso sargento do primeiro regimento italiano de granadeiros e um pobre pintor alemão. Agora a fumaça de tabaco não cheira mais a cebola, e sim a salame e queijo.

Anoiteceu outra vez. Estou deitado em meu leito de madeira e sofro suplícios, sinto como se braços e pernas estivessem quebrados. Mas, ainda assim, a história é poética, as estrelas cintilam em volta, o sargento tem um rosto como o do Apolo do Belvedere e o pintor alemão canta uma magnífica canção alemã:

> *Agora que tudo se ensombrece*
> *E estrela após estrela desperta,*
> *Que sopro de saudade*
> *Nesta noite me desconcerta!*

Pelo mar dos sonhos
Singra sem descanso,
Singra minha alma
Buscando teu remanso.

E penso na bela mulher que, regiamente quieta, dorme nas peles macias.

Florença! Tumulto, gritaria, *fachini* e cocheiros impertinentes. Vanda escolhe um veículo e recusa os carregadores.

– Para que afinal eu teria um criado – diz ela –; Gregor... aqui está o canhoto... vai buscar a bagagem.

Ela se envolve em suas peles e fica tranquilamente sentada no veículo, enquanto busco as pesadas malas uma a uma. Desfaleço por um instante sob o peso da última; um amistoso *carabiniere* de rosto inteligente me auxilia. Ela ri.

– Essa deve estar pesada – diz ela –, pois nela estão todas as minhas peles.

Subo à boleia e enxugo as gotas claras da testa. Ela informa o hotel, o cocheiro fustiga seu cavalo. Em poucos minutos, paramos diante da entrada radiantemente iluminada.

– Há quartos disponíveis? – pergunta ela ao porteiro.

– Sim, madame.

– Dois para mim, um para meu criado, todos com estufa.

– Dois quartos elegantes, madame, ambos com lareira, para a senhora – respondeu o garçom, que veio correndo – e um sem aquecimento para o empregado.

– Mostre-me os quartos.

Ela os examina e então diz sem cerimônias:

– Bom. Estou satisfeita, apenas acenda logo o fogo, o criado pode dormir no quarto sem aquecimento.

Apenas olho para ela.

– Traz as malas para cima, Gregor – ordena ela sem dar atenção a meus olhares –; nesse meio-tempo, farei minha toalete e descerei à sala de jantar. Então também podes cear alguma coisa.

Enquanto ela vai ao quarto contíguo, arrasto as malas para cima, ajudo o garçom, que, em mau francês, tenta me fazer perguntas sobre minha "patroa", a acender o fogo no quarto dela e contemplo por um momento, com inveja silenciosa, a lareira flamejante, a branca cama perfumada com dossel, os tapetes que revestem o chão. Então, cansado e faminto, desço um andar e peço algo para comer. Um bondoso garçom, que fora soldado austríaco e se esforça bastante ao conversar comigo em alemão, leva-me à sala de jantar e me serve. Após 36 horas, acabo de tomar o primeiro gole fresco, o primeiro bocado quente está em meu garfo, quando ela entra.

Levanto-me.

– Como é que o senhor pode me levar a uma sala de jantar na qual se encontra meu empregado

– ela repreende o garçom, chamejando de raiva, dá meia-volta e sai.

Eu, entretanto, dou graças a Deus por ao menos poder continuar minha refeição sossegado. Em seguida, subo quatro andares até meu quarto, em que já está minha mala e onde arde uma pequena e suja lâmpada a óleo; é um quarto estreito sem lareira, sem janelas, com um pequeno orifício de ventilação. Se não fizesse esse frio do cão, me lembraria as masmorras de chumbo venezianas. Involuntariamente, preciso rir alto, tanto que o riso ecoa e me assusto com minha própria risada.

De súbito, abrem a porta com violência, e o garçom, com um gesto teatral, genuinamente italiano, exclama:

– O senhor precisa descer neste instante ao quarto da madame!

Tomo meu boné, desço alguns degraus tropeçando, por fim chego, felizmente, ao primeiro andar, diante da porta dela, e bato.

– Entra!

*

Entro, fecho a porta e fico parado ali.

Vanda se acomodou, está sentada, de *négligé* de musselina branca e rendas, num pequeno divã de veludo vermelho, os pés numa almofada do mesmo tecido e envolta em seu manto de peles, o mesmo em que pela primeira vez me apareceu como deusa do amor.

As luzes amarelas dos castiçais, colocados no tremó, seus reflexos no grande espelho e as chamas rubras do fogo da lareira brincam magnificamente no veludo verde, na zibelina castanho-escura do manto, na pele branca lisamente tensa e nos ruivos cabelos chamejantes da bela mulher, que volta para mim sua face clara, mas fria, e que descansa os frios olhos verdes em mim.

– Estou satisfeita contigo, Gregor – começou ela.

Fiz uma reverência.

– Aproxima-te.

Obedeci.

– Mais perto – ela olhou para baixo e passou a mão pela zibelina. – A Vênus das peles recebe seu escravo. Vejo que o senhor é mais do que um fantasista comum, ao menos o senhor está à altura de seus sonhos, é um homem capaz de realizar o que quer que imagine, ainda que seja a coisa mais louca; confesso que isso me agrada, me impressiona. Há força nisso, e só a força é respeitada pelas pessoas. Acredito, inclusive, que em circunstâncias incomuns, numa grande época, o senhor revelaria como uma força magnífica aquilo que parece ser sua fraqueza. Sob os primeiros imperadores o senhor teria se tornado um mártir; na época da Reforma, um anabatista; na Revolução Francesa, um daqueles girondinos entusiasmados que subiam à guilhotina com a Marselhesa nos lábios. Mas assim, o senhor é meu escravo, meu...

Levantou-se de súbito, de modo que as peles deslizaram, e lançou os braços, com força suave, em volta de meu pescoço.

— Meu amado escravo, Severin, oh, como te amo, como te adoro, que bonito ficas no uniforme de cracoviano, mas passarás frio esta noite no miserável quarto lá de cima, sem lareira; devo dar-te minhas peles, meu amorzinho, esse grande manto ali?...

Ajuntou-o rapidamente, lançou-o sobre meus ombros e, antes que me desse conta, envolvera-me inteiramente nele.

— Ah, como as peles te caem bem, como ressaltam teus nobres traços. Tão logo não sejas mais meu escravo, usarás um casaco de veludo com zibelina, compreendes, caso contrário nunca mais vestirei um casaco de peles...

E voltou a me acariciar, a me beijar e, por fim, puxou-me para o pequeno divã de veludo.

— Estás gostando, acredito, de vestir peles – disse ela –; devolve-as depressa, depressa, se não perderei inteiramente a sensação de minha dignidade.

Envolvi-a com as peles, e Vanda enfiou o braço direito na manga.

— É assim no quadro de Ticiano. Mas chega de gracejos. Não mostres sempre esse olhar infeliz, isso me entristece, és meu criado diante do mundo apenas provisoriamente, ainda não és meu escravo, ainda não assinaste o contrato, ainda és livre, podes me deixar a qualquer momento; representaste teu papel de forma magnífica. Fiquei encantada, mas ainda não estás farto, não me achas repugnante? Ora, fala... eu te ordeno.

— Preciso te confessar isso, Vanda? – comecei.

— Sim, precisas.

– Ainda que sejas abusiva – prossegui –, estou mais apaixonado do que nunca por ti, e vou te venerar, vou te adorar cada vez mais, cada vez mais fanaticamente quanto mais me maltratares; pela maneira como agora agiste comigo, inflamas meu sangue, embriagas todos os meus sentidos – apertei-a contra mim e beijei seus lábios úmidos por alguns instantes –; bela mulher – exclamei então, contemplando-a, e, em meu entusiasmo, arranquei a zibelina de seus ombros e premi minha boca na sua nuca.

– Então me amas quando sou cruel – disse Vanda –, agora vai!... me entedias... estás me ouvindo?...

Ela me deu uma bofetada tão forte que vi relâmpagos e ouvi repiques de sinos.

– Ajuda-me a vestir minhas peles, escravo.

Ajudei o melhor que pude.

– Que desajeitado – exclamou ela, e mal as vestira, golpeou-me outra vez no rosto. Senti como eu perdia a cor.

– Te machuquei? – perguntou ela, e colocou a mão suavemente sobre mim.

– Não, não – exclamei.

– De qualquer modo, não podes te queixar, pois afinal é o que queres; bem, dá-me mais um beijo.

Abracei-a, e os lábios dela grudaram-se firmemente nos meus, e, quando ela se apoiou no meu peito com as grandes e pesadas peles, tive um sentimento estranho, aflitivo, como se fosse abraçado por um animal selvagem, uma ursa, e tive a impressão de que a qualquer momento sentiria suas garras em minha carne. Mas, desta vez, a ursa me dispensou compassivamente.

Com o peito repleto de esperanças risonhas, subi a meu miserável quarto de criado e me joguei em minha cama dura.

A vida é de fato sumamente curiosa – pensei comigo –; há pouco, a mais bela mulher, a própria Vênus, repousava em teu peito, e agora tens ocasião de estudar o inferno dos chineses, que não lançam os condenados às chamas, como nós, mas fazem-nos serem acossados pelos demônios em campos de gelo.

É provável que os fundadores de suas religiões também tivessem dormido em quartos sem aquecimento.

*

Hoje à noite acordei sobressaltado com um grito; sonhei com um campo de gelo em que me perdera e em vão procurava a saída. De repente, num trenó puxado por renas, chegou um esquimó que tinha o rosto do garçom que me levou ao quarto sem aquecimento.

– O que busca aqui, *monsieur?* – exclamou ele –, aqui é o Polo Norte.

No momento seguinte, tinha desaparecido, e Vanda chegou voando pela superfície de gelo em pequenos patins, seu vestido de cetim branco esvoaçava e frufrulhava, o arminho de seu casaco e de seu chapéu, mas sobretudo sua face, brilhavam mais brancamente do que a branca neve; ela disparou em minha direção, envolveu-me em seus braços e começou a me beijar, e de repente senti meu sangue jorrando, quente, corpo abaixo.

– O que fazes? – perguntei horrorizado.

Ela riu, e quando a olhei outra vez não era mais Vanda, e sim uma grande ursa branca que cravava suas garras em meu corpo.

Soltei um grito desesperado e ainda ouvi sua gargalhada diabólica quando acordei e, atônito, olhava o quarto ao redor.

*

De manhã bem cedo eu já estava diante da porta de Vanda, e quando o garçom trouxe o café, tomei-o dele e o servi à minha bela ama. Ela já fizera a toalete e estava com uma aparência excelente, fresca e rosada, sorriu-me de modo amistoso e me chamou de volta quando eu quis me afastar respeitosamente.

– Toma também depressa teu café, Gregor – disse ela –, então iremos logo procurar uma residência; quero ficar o menor tempo possível no hotel, aqui estamos terrivelmente tolhidos, e se falo um pouco mais demoradamente contigo, logo dizem que a russa tem um caso com o empregado e que, como se vê, a raça de Catarina não se extingue.

Saímos uma meia hora depois, Vanda com seu vestido, seu chapéu russo, e eu com meu uniforme de cracoviano. Causamos sensação. Eu andava cerca de dez passos atrás dela e fazia uma cara sombria, enquanto temia, a cada segundo, estourar numa sonora gargalhada. Mal havia uma rua em que uma bela casa não ostentasse uma tabuleta com a inscrição "*Camere ammobiliate*". A cada vez, Vanda me mandava escada acima, e só quando eu informava que a residência parecia corresponder a seus propósitos é que ela própria subia. Assim, por volta do meio-dia, eu já estava tão cansado quanto um cão de caça depois de tomar parte numa caçada com cavalos e matilha.

Mais uma vez entramos numa casa e mais uma vez a deixamos sem termos encontrado uma residência adequada. Vanda já estava um tanto irritada. De repente, disse-me:

– Severin, a seriedade com que representas teu papel é espicaçante, e a coerção que nos impusemos chega a me excitar, não aguento mais, és muito querido, preciso te dar um beijo. Entra numa casa comigo.

– Mas, minha senhora... – objetei.

– Gregor! – ela entrou no corredor vazio mais próximo, subiu alguns degraus da escada escura, enlaçou os braços em torno de mim com cálida ternura e me beijou.

– Ah, Severin! Foste muito astuto, és muito mais perigoso como escravo do que pensei, chego a achar-te irresistível, temo que voltarei a me apaixonar por ti.

– Então não me amas mais? – perguntei, tomado por um pavor repentino.

Ela balançou seriamente a cabeça, mas beijou-me mais uma vez com seus lábios intumescentes, deliciosos.

Voltamos ao hotel. Vanda fez um lanche e me ordenou que também comesse algo depressa.

Mas, é óbvio, não fui tão rapidamente servido quanto ela, e assim sucedeu que eu acabava de levar à boca o segundo bocado de meu bife quando o garçom entrou e, com seus gestos teatrais, exclamou:

– Quarto da madame, neste instante.

Assim, despedi-me rápida e dolorosamente de meu lanche e corri, cansado e faminto, atrás de Vanda, que já estava na rua.

– Não a considerava tão cruel, ama – eu disse em tom reprovador –, a ponto de, após todas essas fadigas, nem sequer me deixar comer em paz.

Vanda sorriu efusivamente.

– Pensei que tivesses acabado – disse ela –, mas desse jeito também está bom. O ser humano nasceu para o sofrimento, e tu, de um modo bem especial. Os mártires não comeram bifes tampouco.

Segui-a com raiva, aferrado à minha fome.

– Desisti da ideia de alugar uma residência na cidade – prosseguiu Vanda –, é difícil encontrar um andar inteiro no qual se possa viver à parte e fazer o que se queira. Numa relação tão peculiar, tão fantástica como a nossa, tudo precisa se harmonizar. Alugarei uma vila inteira e... bem, espera só, ficarás surpreso. Permito-te agora comer à farta e depois passear um pouco por Florença. Não voltarei ao hotel antes do anoitecer. Se precisar de ti, já mandarei te chamar.

*

Vi a catedral, o Palazzo Vecchio, a Loggia dei Lanzi e então fiquei por um longo tempo parado às margens do Arno. Vez após vez, deixei meu olhar repousar sobre a esplêndida e antiga Florença, cujas cúpulas e torres redondas se delineavam brandamente no céu azul e sem nuvens; sobre as magníficas pontes, por cujos amplos arcos o bonito e amarelo rio impele suas ondas vivazes; sobre as colinas verdes que envolvem a cidade, ostentando esguios ciprestes e amplas edificações, palácios ou mosteiros.

É um outro mundo, este em que nos encontramos, um mundo jovial, sensual e risonho. A paisagem também não tem nada da seriedade, da melancolia da nossa. Até a grande distância, até as últimas vilas brancas dispersas nas montanhas verde-claras, não há um cantinho que o sol não ilumine com a mais clara luz, e as pessoas são menos sérias do que nós e talvez pensem menos, mas todos parecem ser felizes.

Também se diz que no Sul se morre mais facilmente.

Suspeito agora que haja uma beleza sem espinho e uma sensualidade sem tormento.

Vanda descobriu e alugou para o inverno uma adorável e pequena vila numa das encantadoras colinas da margem esquerda do Arno, defronte do Cascine. Encontra-se num gracioso jardim com encantadoras pérgulas, gramados e um magnífico campo de camélias. Tem só dois andares e foi construída no estilo italiano, em forma de quadrado; ao longo de uma das fachadas corre uma galeria aberta, uma espécie de *loggia* com reproduções em gesso de estátuas antigas, a partir da qual degraus de pedra conduzem ao jardim. Da galeria, chega-se a uma sala de banho com uma magnífica banheira de mármore, da qual uma escada de caracol conduz aos aposentos da ama.

Vanda ocupa sozinha o segundo andar.

Fui mandado a um quarto do térreo, muito bonito, inclusive dotado de lareira.

Percorri o jardim e, sobre uma colina redonda, descobri um pequeno templo, cujo portão encontrei fechado; mas o portão tem uma fenda, e, ao olhar por ela, vejo a deusa do amor sobre um pedestal branco.

Sinto um leve arrepio. Tenho a impressão de que sorri para mim:

– Estás aí? Esperava por ti.

É noite. Uma pequena e graciosa camareira me traz a ordem de apresentar-me à ama. Subo a larga escada de mármore, passo pelo vestíbulo, por um grande salão mobiliado com pródiga magnificência, e bato à porta do quarto. Bato bem de leve, pois o luxo, que vejo desdobrar-se por toda parte, me intimida, e assim não sou ouvido e fico algum tempo parado em frente à porta. Sinto como se estivesse diante dos aposentos da grande Catarina e como se a qualquer momento ela pudesse sair de roupão verde forrado de peles, com a fita vermelha de uma condecoração sobre os seios nus e com seus cachos pequenos, brancos e empoados.

Bato outra vez, Vanda abre a porta com violência, impaciente.

– Por que a demora? – pergunta.

– Fiquei parado diante da porta, não ouviste minhas batidas – respondi timidamente.

Ela fecha a porta, engancha-se em meu braço e me conduz à otomana de damasco vermelho sobre a qual estivera descansando. Toda a mobília do quarto, as tapeçarias, as cortinas, os reposteiros, o dossel, tudo é de damasco vermelho, e o teto é formado por uma majestosa pintura de Sansão e Dalila.

Vanda recebe-me num sedutor *déshabillé*, o cetim branco flui leve e pitorescamente ao longo de seu corpo esguio, deixando a descoberto braços e seios, que, branda e negligentemente, se aconchegam nas peles escuras da grande zibelina, forrada com veludo verde. Seu cabelo ruivo, meio solto, preso por cordões de pérolas negras, cai pelas costas até os quadris.

– Vênus das peles – sussurro, enquanto ela me puxa junto aos seios e ameaça me sufocar com seus beijos. Então não falo mais uma palavra e nem penso mais, tudo afunda num mar de bem-aventurança nunca imaginada.

Por fim, Vanda se desvencilhou suavemente e me contemplou, apoiada num dos braços. Eu deslizara até seus pés, ela me puxou para junto dela e brincou com meus cabelos.

– Ainda me amas? – perguntou ela, seus olhos desvanecendo-se em doce paixão.

– E tu me perguntas isso! – exclamei.

– Ainda te lembras do teu juramento? – prosseguiu ela com um sorriso encantador. – Bem, agora que tudo está organizado, tudo está pronto, pergunto-te mais uma vez: é realmente séria tua intenção de tornar-te meu escravo?

– Já não o sou? – perguntei espantado.

– Ainda não assinaste os documentos.

– Documentos... que documentos?

– Ah, entendi, não pensas mais nisso – disse ela –; então deixemos assim.

– Mas Vanda – eu disse –, sabes que não conheço maior felicidade do que te servir, ser teu escravo, e que daria tudo pelo sentimento de saber que estou inteiramente em tuas mãos, inclusive minha vida...

– Como ficas bonito – sussurrou ela – quando estás tão entusiasmado, quando falas com tamanha paixão. Ah, estou mais do que nunca apaixonada por ti, e ser despótica e rigorosa e cruel contra ti é algo de que, temo, não serei capaz.

– Não tenho medo disso – respondi sorrindo –, onde estão afinal os documentos?

– Aqui – ela os tirou, meio envergonhada, do busto e os estendeu a mim. – Para que tenhas o sentimento de estar inteiramente em minhas mãos, ainda esbocei um segundo documento em que declaras que estás decidido a tirar tua vida. Então posso até te matar, se eu quiser.

– Dá-me.

Enquanto eu desdobrava os documentos e começava a lê-los, Vanda buscou tinta e pena, então sentou-se junto a mim, colocou o braço em torno de minha nuca e ficou olhando sobre meu ombro para os papéis. O primeiro dizia:

Contrato entre a sra. Vanda von Dunaiév e o sr. Severin von Kusiemski

O sr. Severin von Kusiemski deixa, no dia de hoje, de ser noivo da sra. Vanda von Dunaiév e renuncia a todos os seus direitos de amante; em contrapartida, ele se obriga, com sua palavra de honra de homem e fidalgo, a ser doravante o escravo da supracitada e, mais exatamente, enquanto ela própria não lhe restituir a liberdade.

Na qualidade de escravo da sra. Von Dunaiév, ele terá de usar o nome Gregor, cumprir incondicionalmente cada desejo dela, obedecer a cada ordem dela, mostrar submissão à sua ama e considerar cada sinal de sua bondade como uma misericórdia extraordinária.

A sra. Von Dunaiév não só pode punir seu escravo a seu bel-prazer pelo mais ínfimo deslize ou delito, mas também tem o direito de maltratá-lo à vontade ou apenas como passatempo, da forma que lhe agradar, inclusive matá-lo se assim lhe aprouver, em suma, ele é propriedade irrestrita dela.

Caso a sra. Von Dunaiév conceda algum dia a liberdade a seu escravo, caberá ao sr. Severin von Kusiemski esquecer tudo o que experimentou ou sofreu enquanto escravo e jamais, sob hipótese alguma e de forma alguma, pensar em vingança ou retaliação.

Em contrapartida, a sra. Von Dunaiév promete, na qualidade de sua ama, exibir-se sempre que possível vestindo peles, em especial quando se mostrar cruel com seu escravo.

Sob o contrato constava a data de hoje.

O segundo documento continha apenas poucas palavras:

"Há anos farto da existência e de suas ilusões, dei cabo voluntariamente da minha vida sem valor."

Ao terminar, fui tomado de profundo horror, mas ainda havia tempo, eu ainda podia recuar, no entanto a loucura da paixão, a visão da bela mulher que, languidamente, se apoiava em meu ombro, me arrebataram.

– Antes precisas transcrever este aqui, Severin – disse Vanda apontando para o segundo documento –, ele precisa estar todo escrito na tua caligrafia; no caso do contrato isso naturalmente não é necessário.

Copiei depressa as poucas linhas em que me qualificava de suicida e as entreguei a Vanda. Ela leu o papel e, sorrindo, colocou-o sobre a mesa.

– Bem, tens coragem de assinar? – perguntou ela, inclinando a cabeça com um sorriso sutil.

Tomei a pena.

– Deixa-me assinar primeiro – disse Vanda –, tua mão treme; tens tanto medo da tua felicidade?

Ela pegou o contrato e a pena... Eu, em luta comigo mesmo, olhei por um momento para o alto, e só então me ocorreu, como em muitas pinturas das escolas italiana e holandesa, o caráter absolutamente a-histórico da pintura do teto, que lhe dava um cunho estranho, realmente sinistro para mim. Dalila, uma dama opulenta de chamejantes cabelos ruivos, está deitada, seminua, com um manto escuro de peles, sobre uma otomana vermelha e se inclina, sorrindo, para Sansão, que os filisteus lançaram ao chão e amarraram. Em seu coquetismo zombeteiro, o sorriso dela é de uma crueldade verdadeiramente infernal, seus olhos, semicerrados, encontram os de Sansão, que, ainda no último instante, fixam-se nos dela com um amor insano, pois um dos inimigos já se ajoelha sobre o peito dele, pronto a cravar-lhe o ferro em brasa.

– Então... – exclamou Vanda –, estás bem perdido, o que é que tens, tudo continua como sempre foi, mesmo quando tiveres assinado; será que ainda não me conheces, amorzinho?

Olhei o contrato. Ali estava, em grandes e ousados traços, o nome dela. Olhei mais uma vez em seus olhos enfeitiçantes, então tomei a pena e assinei rapidamente o contrato.

– Tremeste – disse Vanda com calma –; devo conduzir a pena para ti?

No mesmo instante, segurou suavemente minha mão e eis que meu nome também estava no segundo papel. Vanda examinou os dois documentos mais uma vez e então os trancou na escrivaninha que estava à cabeceira da otomana.

– Isso... agora entrega-me também teu passaporte e teu dinheiro.

Puxo minha carteira e a estendo para ela, que dá uma olhada, assente com a cabeça e a coloca com o resto, enquanto estou de joelhos diante dela e deixo minha cabeça descansar em doce embriaguez junto a seu peito.

Eis que de súbito ela me afasta com o pé, levanta-se de um salto e toca a sineta, a cujo toque chegam três jovens e esbeltas negras, como que talhadas de ébano e inteiramente vestidas de cetim vermelho, cada uma delas com uma corda nas mãos.

Então compreendo de chofre minha situação e quero me levantar, mas Vanda, que, em toda a sua altura, com o rosto frio e belo de sobrancelhas sombrias e de olhos escarninhos voltado para mim, está parada imperiosamente à minha frente como minha ama, acena com a mão, e, ainda antes que eu saiba direito o que acontece comigo, as negras me lançaram ao chão, amarraram firmemente minhas pernas e mãos, e os braços às costas, como os de alguém que será executado, de modo que mal posso me mover.

– Dá-me o chicote, Haydée – ordena Vanda com tranquilidade sinistra.

A negra, de joelhos, entrega-o à soberana.

– E tira-me essas pesadas peles – prossegue esta –, elas me atrapalham.

A negra obedeceu.

– Aquele casaco ali! – Vanda continuou a dar ordens.

Haydée trouxe rapidamente o casabeque guarnecido de arminho, que estava sobre a cama, e Vanda deslizou para dentro dele com dois movimentos inimitavelmente encantadores.

– Amarrai-o a esta coluna aqui.

As negras me levantam, atam uma grossa corda em volta de meu corpo e me amarram de pé a uma das colunas maciças que suportam o dossel da larga cama italiana.

Então desaparecem de repente, como se a terra as tivesse engolido.

Vanda se move rapidamente em minha direção, a roupa branca de cetim flui atrás dela numa longa cauda feito prata, feito luz do luar, os cabelos ardem qual labaredas nas peles brancas do casaco; agora está diante de mim, a mão esquerda na cintura, na direita o chicote, e solta uma breve gargalhada.

– Agora terminaram as brincadeiras entre nós – diz ela com frieza desalmada –, agora a coisa é séria, seu imbecil!, de quem me rio e a quem desprezo, que se entregou como joguete a *mim*, mulher petulante, caprichosa, num deslumbramento delirante. Não és mais meu amante, e sim *meu escravo*, abandonado ao meu despotismo na vida e na morte. Agora me conhecerás! Acima de tudo, experimentarás a sério o chicote, sem que sejas culpado de nada, para que compreendas o que te espera se te mostrares desajeitado, desobediente ou rebelde.

Em seguida, com graça selvagem, arregaçou as mangas guarnecidas de peles e me golpeou nas costas.

Estremeci, o chicote cortou minha carne feito faca.

– E então, o que achas? – exclamou ela.

Fiquei calado.

– Espera só, ainda ganirás como um cão sob meu chicote – ameaçou ela, e, ao mesmo tempo, começou a me chicotear.

Os golpes caíam rápidos e próximos, com violência medonha, sobre minhas costas, meus braços, minha nuca, apertei os dentes para não gritar. Então ela me atingiu no rosto, o sangue quente escorreu pelo meu corpo, mas ela riu e continuou a chicotear.

– Só agora te compreendo – exclamou enquanto isso –, é realmente um gozo ter uma pessoa dessa forma em seu poder e, ainda por cima, um homem que me ama... Tu me amas?... Não?... Oh! Ainda te dilacero, tanto aumenta meu prazer a cada golpe; agora trata de te encolher um pouco, de gritar, de ganir! Não deves esperar misericórdia de mim.

Por fim, ela parece cansada.

Joga o chicote para o lado, estende-se na otomana e toca a sineta.

Entram as negras.

– Soltai-o.

Assim que desatam a corda, estatelo-me no chão feito um pedaço de madeira. As mulheres negras riem e mostram os dentes brancos.

– Desamarrai as cordas dos pés.

Isso é feito. Posso me erguer.

– Vem até mim, Gregor.

Aproximo-me da bela mulher, que nunca me pareceu tão sedutora quanto hoje em sua crueldade, em seu escárnio.

– Mais um passo – ordena Vanda –, ajoelha-te e beija meu pé.

Ela estende o pé sob a fímbria branca de cetim, e eu, tolo suprassensual, pressiono contra ele meus lábios.

– Agora não me verás por um mês inteiro, Gregor – diz ela gravemente –, para que eu me torne estranha a ti, para que te situes mais facilmente em tua nova posição frente a mim; durante esse tempo, trabalharás no jardim e aguardarás minhas ordens. E agora marcha, escravo!

Passou-se um mês de regularidade monótona, de trabalho pesado, de saudade melancólica, de saudade dela, que me provoca todos esses sofrimentos. Fui encaminhado ao jardineiro, ajudo-o a podar as árvores, as cercas vivas, a transplantar as flores, a escavar os canteiros, a varrer os caminhos de saibro, partilho sua comida grosseira e seu leito duro, levanto com as galinhas e vou me deitar com elas, e, de tempos em tempos, ouço que nossa ama se diverte, que está rodeada de adoradores, e, certa vez, ouço inclusive sua risada travessa chegar até aqui embaixo, ao jardim.

Sinto-me tão estúpido. Fiquei assim nesta vida ou já o era antes? O mês vai chegando ao fim, depois de amanhã... o que ela fará comigo, ou terá me esquecido e posso podar cercas vivas e amarrar buquês até o fim de meus dias?

*

Uma ordem escrita.

O escravo Gregor é requerido para meu serviço pessoal.

Vanda Dunaiév.

*

Com o coração a martelar, abro na manhã seguinte a cortina de damasco e entro nos aposentos de minha deusa, ainda repletos de encantadora penumbra.

– És tu, Gregor? – pergunta ela enquanto me ajoelho diante da lareira e acendo o fogo. Estremeço ao som da voz amada. Não posso vê-la em pessoa, ela repousa, inacessível, por trás dos cortinados da cama com dossel.

– Sim, minha senhora – respondo.
– Que horas são?
– Passa das nove.
– O café da manhã.

Apresso-me a buscá-lo e então me ajoelho com a bandeja do café diante de sua cama.

– Aqui está o café da manhã, ama.

Vanda abre as cortinas e, coisa curiosa, quando a vejo nos travesseiros brancos com os cabelos soltos e ondulados, ela me parece no primeiro momento completamente estranha; uma bela mulher, mas não são as feições amadas, esse rosto é duro e tem uma sinistra expressão de cansaço, de fastio.

Ou não tive olhos para tudo isso antes?

Ela fixa os olhos verdes em mim de modo mais curioso do que ameaçador ou talvez compassivo, e puxa o roupão escuro forrado de peles, no qual repousa, preguiçosamente sobre os ombros nus.

Neste instante ela é tão encantadora, tão desnorteante que sinto meu sangue subir à cabeça e ao coração, e a bandeja em minhas mãos começa a tremer. Ela percebe e estende a mão ao chicote, que está sobre a mesinha de cabeceira.

– És desajeitado, escravo – diz ela franzindo a testa.

Baixo o olhar ao chão e seguro a bandeja tão firmemente quanto posso, e ela toma o café da manhã e boceja e estende seus voluptuosos membros nas magníficas peles.

*

Ela tocou a campainha. Entro.
– Esta carta ao príncipe Corsini.

Corro à cidade, entrego a carta ao príncipe, um jovem e belo homem de ardentes olhos negros, e trago-lhe, consumido pelo ciúme, a resposta.

– O que tens? – pergunta ela observando-me de modo malicioso –, estás tão terrivelmente pálido.

– Nada, ama, apenas caminhei um tanto rápido.

*

No almoço, o príncipe está ao lado dela e sou condenado a servi-los enquanto fazem gracejos e absolutamente inexisto para eles no mundo. Em dado momento, sinto minha vista escurecer, estou justamente servindo um Bordeaux na taça dele e derramo-o na toalha, no vestido dela.

– Que desajeitado! – exclama Vanda e me dá uma bofetada, o príncipe ri e ela também, e o sangue me sobe, disparando, ao rosto.

*

Após o almoço, ela vai ao Cascine. Ela mesma conduz a pequena carruagem com os bonitos baios ingleses; estou sentado atrás dela e vejo como coqueteia e agradece sorrindo quando é cumprimentada por algum dos nobres senhores.

Quando a ajudo a descer do veículo, ela se apoia de leve em meu braço, o contato me faz estremecer como um choque elétrico. Ah! A mulher é mesmo maravilhosa e a amo mais do que nunca.

*

Para o jantar, às seis da tarde, há um pequeno grupo de damas e cavalheiros. Sirvo as bebidas e, desta vez, não derramo vinho na toalha.

Uma bofetada, afinal, vale mais, no fundo, do que dez preleções; a pessoa compreende as coisas rapidinho, em especial quando é uma pequena e cheia mão feminina que nos dá a lição.

*

Após o jantar, ela vai ao Pergola; ao descer a escada em seu vestido de veludo negro, com a grande gola de arminho, um diadema de rosas brancas nos cabelos, a aparência dela é verdadeiramente deslumbrante. Abro a portinhola, ajudo-a a entrar no veículo. Diante do teatro, salto da boleia, ao descer ela se apoia em meu braço, que estremece sob a doce carga. Abro-lhe a porta do camarote e então espero no corredor. A apresentação dura quatro horas, e nesse tempo ela recebe as visitas de seus cavalheiros e eu cerro os dentes de raiva.

*

Passa muito da meia-noite quando a sineta da ama toca pela última vez.

– Fogo! – ordena laconicamente, e quando ele crepita na lareira: – Chá.

Quando retorno com o samovar, ela já se despiu e está justamente vestindo seu *négligé* branco com a ajuda da negra.

Haydée afasta-se em seguida.

– Dá-me o roupão forrado de peles – diz Vanda, estendendo de modo sonolento seus belos membros.

Pego-o do *fauteuil* e o seguro, enquanto ela, lenta e preguiçosamente, enfia os braços nas mangas. Então ela se joga nas almofadas da otomana.

– Tira meus sapatos e depois calça-me as pantufas de veludo.

Ajoelho-me e puxo o pequeno sapato, que oferece resistência.

– Depressa, depressa! – exclama Vanda –, estás me machucando! Espera só... ainda vou te adestrar.

Ela me bate com o chicote, e eis que já deu certo!
– E agora, marcha!
Mais um pontapé... então posso ir descansar.

*

Hoje a acompanhei a uma *soirée*. No vestíbulo, ordenou-me que lhe tirasse as peles, depois ela entrou com um sorriso orgulhoso, certa de sua vitória, no salão brilhantemente iluminado, e pude, mais uma vez, ver uma hora se escoar após a outra em meio a pensamentos sombrios e monótonos; de tempos em tempos, quando a porta ficava aberta por um momento, a música saía e chegava até mim. Alguns lacaios tentaram entabular conversa comigo, mas, visto que falo apenas poucas palavras em italiano, logo desistiram.

Por fim pego no sono e sonho que, num acesso furioso de ciúme, mato Vanda e sou condenado à morte; vejo-me amarrado à tabua, o machado cai, sinto-o no pescoço, mas ainda estou vivo...

Então o verdugo me bate no rosto...

Não, não é o verdugo, é Vanda, que está furiosa diante de mim e exige suas peles. Recomponho-me instantaneamente e a ajudo a vestir-se.

É um gozo envolver uma bela e voluptuosa mulher num casaco de peles, ver, sentir como sua nuca, seus magníficos membros se aconchegam nas deliciosas e macias peles, e levantar os cachos ondulantes e colocá-los sobre a gola, e então, quando ela o despe e o calor benfazejo e um leve perfume de seu corpo ficam nas pontas douradas dos pelos da zibelina... é de perder os sentidos!

*

Finalmente, um dia sem convidados, sem teatro, sem saraus. Respiro aliviado. Vanda está sentada na galeria e lê, não parece ter qualquer tarefa para mim. Com o crepúsculo, com a névoa prateada da noite, ela se recolhe. Sirvo-a no jantar, ela come sozinha, mas não tem um olhar, uma sílaba para mim, nem sequer... uma bofetada.

Ah, como anseio receber um golpe da mão dela!

Começo a chorar, sinto o quanto ela me degradou, e isso a tal ponto de nem achar que vale a pena me torturar, me maltratar.

Antes de ela ir para a cama, sou chamado por sua sineta.

– Dormirás esta noite em meu quarto; noite passada tive sonhos atrozes e tenho medo de ficar sozinha. Pega uma almofada da otomana e deita-te na pele de urso a meus pés.

Dito isso, apagou as velas, de modo que apenas uma pequena lâmpada que pendia do teto iluminava o quarto, e foi para a cama.

– Não te mexas, para que não me acordes.

Fiz o que ela ordenou, mas demorei muito para adormecer; vi a bela mulher, bela qual uma deusa, repousando com seu roupão escuro forrado de peles, deitada de costas, os braços sob a nuca, encobertos pelos cabelos ruivos; ouvi como seus magníficos seios subiam quando ela inspirava profunda e regularmente, e sempre que ela apenas se movia eu estava acordado e ficava atento para ver se precisava de mim.

Mas ela não precisou.

Eu não tinha outra tarefa a cumprir, não tinha para ela qualquer significado maior do que uma lamparina ou um revólver que se deixa junto à cama.

*

Eu que sou louco ou ela que é? Tudo isso surge num inventivo e malicioso cérebro feminino com o propósito de superar minhas fantasias suprassensuais, ou essa mulher é realmente uma daquelas naturezas neronianas que encontram um gozo diabólico em ter sob seus pés, feito vermes, pessoas que pensam e sentem e são dotadas de uma vontade como elas próprias?

Que coisas experimentei!

Ao me ajoelhar diante da cama dela com a bandeja do café, Vanda pôs de repente a mão sobre meu ombro e mergulhou seus olhos profundamente nos meus.

– Que belos olhos que tens – disse ela baixinho –, e ainda mais agora, desde que sofres. Estás devidamente infeliz?

Baixei a cabeça e me mantive em silêncio.

– Severin! Ainda me amas? – exclamou ela de súbito, passionalmente. – Ainda podes me amar? – e puxou-me com tamanha violência para junto dela que a bandeja virou, os bules e xícaras foram ao chão e o café escorreu pelo tapete.

– Vanda... minha Vanda – soltei um grito e a apertei impetuosamente contra mim e cobri de beijos sua boca, seu rosto, seus seios. – Essa é afinal a minha miséria, o fato de te amar cada vez mais, cada vez mais insanamente quanto mais me maltratas, quanto mais vezes me trais; oh, ainda morrerei de dor e de amor e de ciúme.

— Mas eu ainda nem te traí, Severin — respondeu Vanda sorrindo.

— Não? Vanda! Pelo amor de Deus! Não gracejes de forma tão impiedosa comigo — exclamei. — Não fui eu mesmo que levei a carta ao príncipe...

— Sem dúvida, um convite para almoçar.

— Desde que estamos em Florença...

— Mantive-me completamente fiel a ti — replicou Vanda —, juro-te por tudo o que me é sagrado. Fiz de tudo apenas para realizar tua fantasia, apenas por tua causa. Mas arranjarei um adorador, caso contrário a coisa ficará pela metade e, no fim, ainda me recriminarás por não ter sido cruel o bastante contigo. Meu querido e belo escravo! Mas hoje podes ser outra vez Severin, podes ser inteiramente apenas meu amado. Não dei tuas roupas, podes achá-las aqui no armário, veste-te como eras então, no pequeno balneário dos Cárpatos, quando nos amávamos tão efusivamente; esquece tudo o que aconteceu desde então, oh, irás esquecê-lo facilmente em meus braços, afastarei com beijos todo o teu desgosto.

Ela começou a me mimar, a me beijar, a me afagar como a uma criança. Por fim, pediu-me com um terno sorriso:

— Agora veste-te, também farei minha toalete; devo vestir meu casaco de peles? Sim, sim, eu já sei, apenas vai!

Quando voltei, ela estava parada no meio do quarto com seu vestido de cetim branco, o casabeque vermelho guarnecido de arminho, o cabelo brancamente empoado, um pequeno diadema de diamantes sobre a testa. Por um momento, recordou-me de modo sinistro Catarina II, mas ela não me deixou tempo para recordações; puxou-me para junto dela sobre a otomana e passamos duas horas felizes; não era, agora, a ama severa e caprichosa, era apenas e inteiramente a dama refinada, a amante carinhosa. Mostrou-me fotografias, livros recém-publicados, e falou comigo sobre eles com tanto espírito e clareza e bom gosto que mais de uma vez, encantado, levei a mão dela aos lábios. Depois me pediu para recitar alguns poemas de Liérmontov, e quando eu estava verdadeiramente em chamas... ela colocou a pequena mão amorosamente sobre a minha e perguntou, enquanto um gracioso contentamento repousava sobre seus traços brandos, em seu olhar suave:

– Estás feliz agora?

– Ainda não.

Em seguida, reclinou-se nas almofadas e abriu lentamente o casabeque.

Mas voltei a cobrir depressa seu busto seminu com o arminho.

– Tu me enlouqueces! – balbuciei.

– Então vem.

Já estava nos braços dela, ela já me beijava com a língua feito uma serpente, quando sussurrou mais uma vez:

– Estás feliz?

– Infinitamente! – exclamei.

Ela soltou uma risada; era uma gargalhada malévola, estridente, que me deixou arrepiado de frio.

– Antes sonhavas ser o escravo, o joguete de uma bela mulher, agora imaginas ser uma pessoa livre, um homem, meu amado, seu imbecil! Um aceno meu e serás novamente escravo. De joelhos.

Deslizei da otomana até os pés dela, meus olhos ainda presos, desconfiados, aos dela.

– Não podes acreditar – disse ela contemplando-me com os braços cruzados sobre o peito –, eu me entedio e tu és apenas bom o bastante como passatempo por algumas horas. Não me olhes assim...

Deu-me um pontapé.

– Tu és exatamente o que quero, uma pessoa, uma coisa, um bicho...

Ela tocou a sineta. As negras entraram.

– Atai as mãos dele às costas.

Permaneci de joelhos e deixei que o fizessem tranquilamente. Então me conduziram para baixo, ao jardim, até o pequeno vinhedo que o limita ao sul. Entre os parreirais houvera uma plantação de milho, aqui e ali ainda se destacavam alguns caules secos. Na borda havia um arado.

As negras amarraram-me a uma estaca e se divertiram espetando-me com seus grampos de cabelo dourados. No entanto, não demorou muito e chegou Vanda, o chapéu de arminho na cabeça, as mãos nos bolsos do casaco; mandou que me desamarrassem, que me atassem os braços às costas, colocassem um jugo sobre minha nuca e me atrelassem ao arado.

Então as diabas negras dela me impeliram para o terreno, uma delas manejava o arado, a outra me dirigia com a corda e a terceira me fustigava com o chicote, e a Vênus das peles estava parada ao lado e olhava.

Quando servi o jantar no dia seguinte, Vanda diz:
– Traz mais um conjunto de talheres, quero que hoje faças a refeição comigo – e, quando quero tomar lugar diante dela: – Não, ao meu lado, bem juntinho de mim.

Ela está no melhor dos humores, me dá sopa com sua colher, alimenta-me com seu garfo, então deita a cabeça na mesa como uma gatinha a brincar e coqueteia comigo. Por desgraça, olho para Haydée, que traz os pratos em meu lugar, um pouco mais demoradamente do que talvez seja necessário; só agora chamam minha atenção suas feições nobres, quase europeias, os seios magníficos, estatuescos, como que cinzelados em mármore negro. A bela diaba percebe que me agrada e mostra, sorrindo, os dentes... Mal ela deixou o quarto, Vanda se ergue de um salto, flamejando de raiva.

– O quê? Ousas olhar dessa maneira para outra mulher diante de mim? No fim das contas, ela irá te agradar mais do que eu, ela é ainda mais demoníaca!

Assusto-me, nunca a vira assim; de súbito, está pálida até os lábios e treme de corpo inteiro – a Vênus das peles tem ciúme de seu escravo –, tira o chicote do prego e me golpeia no rosto, então chama as criadas negras, manda que me amarrem e me arrastem até o porão, onde me jogam numa cave escura e úmida, um verdadeiro cárcere.

A porta se fecha, correm os ferrolhos, uma chave canta na fechadura. Estou preso, sepultado.

*

E aí estou eu deitado, não sei por quanto tempo, amarrado feito um novilho que arrastam ao matadouro, sobre um feixe de palha úmida, sem luz, sem comida, sem bebida, sem dormir – ela é capaz disso e me deixará morrer de fome, se não morrer antes de frio. A friagem me estremece. Ou será a febre? Acho que começo a odiar essa mulher.

*

Uma faixa vermelha como sangue flutua sobre o chão, é luz que entra pela porta, que agora se abre.

Vanda aparece no umbral envolta em sua zibelina e ilumina o lugar com uma tocha.

– Ainda estás vivo? – pergunta.

– Vieste para me matar? – respondo com voz débil, rouca.

Com dois passos rápidos, Vanda está junto de mim, ajoelha-se junto a meu leito e toma minha cabeça em seu colo.

– Estás doente?... Como teus olhos ardem; tu me amas? Quero que me ames.

Ela puxa um punhal curto, encolho-me de susto quando sua lâmina relampeja diante de meus olhos, realmente acredito que ela quer me matar. Mas ela ri e corta as cordas que me prendem.

*

Agora ela me manda vir toda noite após o jantar, manda que eu leia em voz alta e discute comigo todo tipo de questões e assuntos interessantes. Ao mesmo tempo, parece inteiramente transformada, é como se ela se envergonhasse da selvageria que me revelou, da crueza com que me tratou. Uma mansidão tocante transfigura todo o seu ser, e quando me estende a mão para a despedida, há em seus olhos aquela força supra-humana da bondade e do amor que nos arranca lágrimas, que nos faz esquecer todos os sofrimentos da existência e todos os pavores da morte.

*

Leio-lhe *Manon Lescault*. Ela percebe a relação, é verdade que não diz uma palavra, mas sorri de tempos em tempos e, por fim, fecha o livrinho.

– A senhora não quer continuar a leitura?

– Hoje não. Hoje nós mesmos vamos encenar *Manon Lescault*. Tenho um encontro no Cascine, e o senhor, meu caro cavaleiro, me acompanhará; sei que o fará, não é?

– A senhora quem manda.

– Não estou mandando, estou lhe pedindo – diz ela com uma graça irresistível, então se levanta, coloca as mãos em meus ombros e me encara.

– Estes olhos! – exclama –; eu te amo tanto, Severin, não sabes o quanto te amo.

– Sim – respondo com amargura –, amas-me tanto que irás a um encontro com outro.

– Só faço isso, afinal, para te espicaçar – responde vivamente –; preciso de adoradores para não te perder, jamais quero te perder, nunca, estás ouvindo, pois amo só a ti, a ti somente.

Beijou-me com paixão.

– Oh, se eu pudesse, como gostaria de te entregar toda a minha alma num beijo... assim... mas agora vem.

Vestiu um simples paletó de veludo preto e envolveu a cabeça num *bachlyk** escuro. Então caminhou rapidamente pela galeria e entrou na carruagem.

– Gregor vai me levar – gritou ao cocheiro, que se retirou, surpreso.

Subi à boleia e chicoteei colericamente os cavalos.

Vanda desceu no Cascine, lá onde a aleia principal se transforma numa pérgula densa. Era noite, apenas estrelas isoladas espiavam pelas nuvens cinzentas que percorriam o céu. Às margens do Arno encontrava-se um homem de manto escuro e chapéu de bandoleiro, olhando as ondas amarelas. Vanda caminhou depressa pelos arbustos ao lado e bateu-lhe no

---

* Capuz caucasiano de lã. (N.T.)

ombro. Ainda vi como se virou para ela, tomou sua mão... então desapareceram por trás da parede verde.

Uma hora torturante. Por fim, há ruídos na vegetação lateral; eles retornam.

O homem a acompanha até a carruagem. A luz da lanterna cai em cheio e de modo vivo sobre um rosto infinitamente jovem, delicado e entusiástico que nunca vi, e brinca com longos e louros cachos.

Ela lhe estende a mão, que ele beija respeitosamente, então ela me acena e, num zás, a carruagem sai voando ao longo da longa parede de vegetação que se encontra feito uma tapeçaria verde frente ao rio.

*

Tocam a campainha no portão do jardim. Um rosto conhecido. O homem do Cascine.

– Quem devo anunciar? – pergunto em francês. Ele balança a cabeça, envergonhado.

– O senhor compreende um pouco de alemão, talvez? – pergunta ele timidamente.

– É claro. O que pergunto é o seu nome.

– Ah! Infelizmente ainda não tenho nome – responde ele constrangido –; diga apenas à sua ama que o pintor alemão do Cascine esteve aqui e pede... Mas aí está ela, em pessoa.

Vanda havia saído à sacada e acenou com a cabeça ao desconhecido.

– Gregor, conduz esse senhor até mim – gritou--me.

Indiquei a escada ao pintor.

– Agradecido, agora já encontro; obrigado, muito obrigado – e nisso subiu os degraus correndo.

Fiquei parado embaixo e, com profunda compaixão, acompanhei o pobre alemão com a vista.

A Vênus das peles apanhou a alma dele na armadilha rubra de seus cabelos. Irá pintá-la e, com isso, enlouquecer.

*

Um ensolarado dia de inverno; nas folhas dos grupos de árvores, na superfície verde do gramado há um tremor como de ouro. As camélias ao pé da galeria resplandecem em riquíssimo atavio de botões. Vanda está sentada na *loggia* e desenha, mas o pintor alemão está parado diante dela, as mãos postas como em adoração, e a observa, não, contempla seu rosto e está complemente absorto pela visão dela, como que arrebatado.

Mas ela não vê isso, tampouco vê a mim, como, com a pá na mão, escavo os canteiros de flores apenas para vê-la, sentir sua proximidade, que age sobre mim como música, como poesia.

*

O pintor foi embora. É um risco, mas me arrisco. Vou à galeria, chego bem perto e pergunto a Vanda:

– Amas o pintor, minha ama?

Ela me encara sem ficar zangada, balança a cabeça e, por fim, chega a sorrir.

– Tenho compaixão por ele – responde ela –, mas não o amo. Não amo ninguém. *Eu te amei, de maneira tão efusiva, tão apaixonada, tão profunda quanto podia amar*, mas agora também não te amo mais, meu coração está deserto, morto, e isso me deixa melancólica.

– Vanda! – exclamei dolorosamente comovido.

– Tu logo também não me amarás mais – prosseguiu –, diz-me quando for chegada a hora, quero então te restituir a liberdade.

– Então continuarei sendo teu escravo a vida inteira, pois te adoro, e sempre te adorarei – exclamei, tomado por aquele fanatismo do amor que, repetidas vezes, já me fora tão ruinoso.

Vanda me contemplava com um estranho contentamento.

– Reflete bem – disse ela –, amei-te infinitamente e fui despótica contigo para realizar tua fantasia, agora ainda estremece em meu peito algo daquele doce sentimento, sob a forma de calorosa simpatia por ti; se esta também desaparecer, quem saberá se te darei a liberdade, quem saberá se não me tornarei realmente cruel, impiedosa e até brutal contigo, se não me dará uma alegria diabólica atormentar, suplicar e ver morrer devido a seu amor por mim o homem que me adora de maneira idólatra, enquanto fico indiferente ou amo a outro. Reflete bem a respeito!

– Refleti sobre tudo há muito tempo – respondi, ardendo como se estivesse febril –, não posso existir, não posso viver sem ti; morro se me deres a liberdade, deixa-me ser teu escravo, mata-me, mas não me afastes de ti.

– Bem, então sê meu escravo – respondeu ela –, mas não te esqueças de que não te amo mais, e que, por isso, teu amor não tem maior valor para mim do que a fidelidade de um cão, e cães a gente chuta.

*

Hoje visitei a Vênus de Médici.

Ainda era cedo, a pequena sala octogonal da Tribuna, qual um santuário, estava repleta de luz crepuscular, e fiquei parado, as mãos postas, em profunda devoção diante da muda imagem da deusa.

Mas não fiquei em pé por muito tempo.

Ainda não havia ninguém na galeria, nem sequer um inglês, e lá estava eu, de joelhos, a olhar o gracioso e delgado corpo, os seios brotantes, a face virginalmente voluptuosa de olhos semicerrados, os cachos perfumados que, de ambos os lados, parecem ocultar pequenos chifres.

*

A sineta da soberana.

É meio-dia. Mas ela ainda está na cama, os braços cruzados sob a nuca.

– Irei banhar-me – diz ela – e tu vais me servir. Chaveia as portas.

Obedeço.

– Agora desce e te assegura de que lá embaixo também está trancado.

Desci a escada de caracol que levava dos aposentos dela à sala de banho; meus pés fraquejaram,

tive de apoiar-me no corrimão de ferro. Depois de encontrar fechada a porta que dá para a *loggia* e o jardim, voltei. Agora Vanda estava sentada na cama, de cabelo solto, vestindo as peles de veludo verde. Graças a um rápido movimento que ela fez, vi que estava vestida apenas com as peles e me assustei, não sei por que, tão terrivelmente quanto um condenado à morte que sabe que se dirige ao patíbulo, mas que começa a tremer ao vê-lo.

– Vem, Gregor, pega-me nos braços.
– Como, minha ama?
– Ora, carrega-me, não compreendes?

Ergui-a, de modo que ficou sentada em meus braços, enquanto os dela envolveram meu pescoço, e, ao descer desse modo com ela a escada, devagar, degrau por degrau, e seu cabelo de tempos em tempos batia em meu rosto, e seu pé se apoiava ligeiramente em meu joelho, estremeci sob a bela carga e pensei que a qualquer momento sucumbiria debaixo dela.

A sala de banho consistia numa ampla e alta rotunda que recebia sua luz doce e plácida do alto, através da cúpula vermelha de vidro. Duas palmeiras espraiavam suas grandes folhas, qual um teto verde, sobre um divã com almofadas de veludo vermelho, do qual degraus cobertos de tapetes turcos levavam à grande banheira de mármore, que ocupava o centro.

Lá em cima, sobre a mesinha de cabeceira, há uma fita verde – disse Vanda enquanto eu a colocava sobre o divã –; traze-a, e traze-me também o chicote.

Voei escada acima e de volta, e depus ambos os objetos, de joelhos, nas mãos da soberana, que, em seguida, me mandou amarrar seu pesado e elétrico cabelo num grande coque e prendê-lo com a fita de veludo verde. Então preparei o banho, mostrando-me bastante inábil ao fazê-lo, visto que mãos e pés não obedeciam, e a cada vez que eu era obrigado – pois não era minha vontade; coagia-me uma força magnética – a contemplar a bela mulher, deitada nas almofadas de veludo vermelho, e cujo corpo gracioso se mostrava de tempos em tempos, aqui ou ali, em meio às peles escuras, senti como toda volúpia, toda lascívia residem apenas no semiencoberto, picantemente desnudo, e senti-o ainda mais vivamente quando a banheira enfim se encheu, Vanda se livrou das peles com um único movimento e ficou diante de mim como a deusa da Tribuna.

Nesse instante, em sua beleza desvelada, ela me pareceu tão sagrada, tão casta que caí de joelhos diante dela, como daquela vez diante da deusa, e premi devotamente meus lábios sobre seus pés.

Minha alma, que há pouco ainda era batida por tão selvagens vagas, passou de súbito a fluir calmamente, e, por ora, Vanda também não tinha mais nada de cruel para mim.

Desceu vagarosamente os degraus e, com sossegada alegria, à qual não se mesclava um átomo de tormento ou ânsia, pude observar como ela emergia e submergia nas águas cristalinas, e como as ondas, que ela mesma provocava, brincavam apaixonadamente, por assim dizer, em volta dela.

Nosso teórico niilista da estética tem razão, afinal: uma maçã real é mais bela do que uma pintada, e uma mulher viva é mais bela do que uma Vênus de pedra.*

E quando então ela saiu do banho e as gotas prateadas e a rósea luz caíam pelo seu corpo... um êxtase mudo me cingiu. Envolvi-a com as toalhas de linho, secando seu magnífico corpo, e mantive aquela sossegada bem-aventurança quando ela, apoiando um dos pés em mim como num escabelo, voltou a se deitar nas almofadas vestindo seu grande manto aveludado, as elásticas zibelinas se aconchegaram cobiçosamente em seu frio corpo de mármore, e o braço esquerdo, no qual se apoiava, jazia na pele escura da manga feito um cisne a dormir, enquanto a mão direita brincava negligentemente com o chicote.

Por acaso, meu olhar deslizou sobre o espelho maciço da parede oposta e soltei um grito, pois nos vi em sua moldura dourada como num quadro, e esse quadro era tão magnificamente belo, tão peculiar, tão fantástico que fui tomado de uma profunda tristeza ao pensar que suas linhas, suas cores estão destinadas a se desvanecer como névoa.

– O que tens? – perguntou Vanda.

Apontei para o espelho.

– Ah, é de fato belo – exclamou –, pena que não se possa reter o instante.

– E por que não? – perguntei –; qualquer artista, mesmo o mais célebre, não ficaria orgulhoso se lhe permitisses eternizar-te por meio de seu pincel? O pensamento de que essa extraordinária beleza –

---

* Alusão às reflexões estéticas do autor russo Nikolai Tchernychévski (1828-1889). (N.T.)

prossegui, contemplando-a com entusiasmo –, essas magníficas feições, esses olhos singulares com seu fogo verde, esse cabelo demoníaco, esse esplendor de corpo se percam para o mundo é medonho e me toca com todos os calafrios da morte, da aniquilação; mas tu estás destinada, pela mão do artista, a ser salva dela, não podes, como nós, como todos, sucumbir inteiramente e para sempre sem deixar uma marca da tua existência; tua imagem precisa viver quando tu mesma já tiveres há muito te transformado em pó, tua beleza precisa triunfar sobre a morte!

Vanda sorriu.

– Pena que a Itália de hoje não tenha um Ticiano ou um Rafael – disse ela –; entretanto, talvez o amor substitua o gênio; nosso alemãozinho, quem sabe?

Ela refletiu.

– Sim... ele vai me pintar... e cuidarei para que Amor misture suas tintas.

O jovem pintor instalou seu ateliê na vila; ela o tem inteiramente na rede. Ele começou uma madona faz pouco, uma madona de cabelos ruivos e olhos verdes! Fazer dessa mulher fogosa uma imagem da virgindade, só o idealismo de um alemão é capaz disso. O pobre rapaz é realmente um asno quase maior do que eu. A desgraça, tão somente, é que nossa Titânia descobriu nossas orelhas de asno *cedo demais.*

Agora ela ri de nós, e como ri; ouço sua petulante e melódica risada no estúdio dele, sob cujas janelas abertas estou parado a espreitar com ciúme.

– O senhor é louco, pintar-me... ah, não é de acreditar... pintar-me como a mãe de Deus! – exclamou ela e riu outra vez –; espere só, quero mostrar-lhe outro quadro de mim, um quadro que eu mesma pintei; o senhor deverá copiá-lo.

A cabeça dela, flamejando à luz do sol, assomou à janela.

– Gregor!

Corri escada acima, passando pela galeria, até o ateliê.

– Leva-o à sala de banho – ordenou Vanda, enquanto ela própria se afastava às pressas.

Entramos na rotunda e tranquei a porta por dentro.

Poucos instantes e Vanda desceu a escada, trajando apenas a zibelina, o chicote na mão, e se estendeu como daquela vez nas almofadas de veludo; deitei-me aos pés dela, que colocou um deles sobre mim, e a mão direita dela brincava com o chicote.

– Olha para mim – disse ela – com teu olhar profundo e fanático... assim... isso mesmo.

O pintor ficara terrivelmente pálido, devorou a cena com seus belos e entusiásticos olhos azuis, seus lábios se abriram, mas ficaram mudos.

– Bem, o que o senhor acha do quadro?

– Sim... quero pintá-la assim – disse o alemão, mas não foi propriamente uma fala, foi um eloquente gemido, o choro de uma alma doente, mortalmente doente.

*

O desenho a carvão está pronto, as cabeças, as partes carnudas já receberam o fundo, o rosto diabólico dela já se destaca em algumas pinceladas atrevidas, nos olhos verdes relampeja vida.

Vanda está parada diante da tela, os braços cruzados sobre o peito.

– Como muitos da escola veneziana, o quadro deverá ser ao mesmo tempo um retrato e uma história – explica o pintor, outra vez pálido como a morte.

— E que título lhe dará? – perguntou ela –; mas o que tem o senhor, o senhor está doente?

— Receio que sim... – respondeu ele com um olhar devorador à bela mulher das peles –, mas falemos do quadro.

— Sim, falemos do quadro.

— Imagino a deusa do amor, que desceu do Olimpo ao encontro de um mortal e que, passando frio neste mundo moderno, busca aquecer seu sublime corpo com grandes e pesadas peles, e os pés, no regaço do amado; imagino o favorito de uma bela déspota que açoita o escravo quando está cansada de beijá-lo, e que é amada tão mais insanamente por ele quanto mais ela o pisoteia, e assim chamarei o quadro de *A Vênus das peles*.

*

O pintor pinta lentamente; tão mais depressa cresce sua paixão. Receio que no fim ele ainda tire a própria vida. Ela brinca com ele e lhe propõe enigmas, e ele não consegue resolvê-los e sente seu sangue fremir... mas ela se diverte com isso.

Durante a sessão ela come bombons, faz bolinhas com os envoltórios de papel e as joga nele.

— Alegro-me pelo fato de a senhora estar tão bem-disposta – diz o pintor –, mas seu rosto perdeu completamente aquela expressão de que preciso para meu quadro.

— Aquela expressão de que o senhor precisa para seu quadro – respondeu ela sorrindo –; tenha paciência por apenas um momento.

Ela se levanta e me aplica um golpe de chicote; o pintor a olha atônito, em seu rosto se desenha um assombro infantil, misturam-se repulsa e admiração.

Enquanto me chicoteia, o rosto de Vanda adquire cada vez mais aquele caráter cruel e escarninho que me encanta de modo tão sinistro.

– E agora, é esta a expressão de que o senhor precisa para seu quadro? – grita ela. O pintor baixa o olhar, perplexo, frente ao raio frio dos olhos dela.

– É a expressão... – balbucia ele –, mas agora não posso pintar...

– Como? – diz Vanda zombeteiramente –; talvez eu possa ajudá-lo.

– Sim... – grita o alemão, como em delírio –, chicoteie-me também.

– Oh, com prazer! – responde ela, dando de ombros –; mas se for para chicotear, quero chicotear a sério.

– Chicoteie-me até a morte – grita o pintor.

– Quer dizer que o senhor irá me deixar amarrá-lo? – pergunta ela sorrindo.

– Sim... – geme ele.

Vanda deixou o aposento por um instante e voltou com as cordas.

– Pois bem... O senhor ainda tem coragem de se abandonar à mercê da Vênus das peles, a bela déspota? – começou agora zombeteiramente.

– Amarre-me – respondeu o pintor de modo indistinto.

Vanda amarrou as mãos dele às costas, passou uma corda pelos braços e outra ao redor do corpo dele, e assim o amarrou à cruzeta da janela, então despiu as peles, tomou o chicote e postou-se diante dele.

Para mim, a cena tinha um encanto horripilante que não consigo descrever; senti meu coração palpitar quando ela, rindo, levantou o braço para dar o primeiro golpe e o chicote assoviou pelo ar e o pintor se encolheu ligeiramente debaixo dele, e então, quando ela, com a boca entreaberta, de modo que seus dentes fulgurassem entre os lábios rubros, o chicoteou, e ele pareceu implorar-lhe por misericórdia com seus comoventes olhos azuis... é impossível descrever.

*

Agora posa sozinha para ele. Ele trabalha na cabeça dela.

Ela mandou que eu me postasse no quarto adjacente por trás do pesado reposteiro, onde não posso ser visto e vejo tudo.

O que ela tem, afinal?

Tem medo dele? Deixou-o louco o bastante, ou será uma nova tortura para mim? Meus joelhos estremecem.

Conversam. Ele abafa tanto a voz que nada posso entender, e ela responde da mesma maneira. O que significará isso? Haverá um acordo entre eles?

Sofro terrivelmente, meu coração ameaça rebentar.

Agora ele se ajoelha diante dela, abraça-a e pressiona a cabeça contra os seios dela... e ela... a cruel... ela ri... e agora ouço como exclama em voz alta:

– Ah, o senhor precisa outra vez do chicote!

– Mulher! Deusa! Não tens coração... não és capaz de amar – exclama o alemão –, não sabes sequer o que significa amar, consumir-se de ânsia, de paixão, não consegues sequer imaginar o que sofro? Não tens misericórdia de mim?

– Não! – responde ela orgulhosa e zombeteiramente –; mas tenho o chicote.

Ela o tira depressa do bolso do casaco de peles e lhe bate com o cabo no rosto. Ele se ergue e recua alguns passos.

– Agora o senhor pode voltar a pintar? – pergunta ela, indiferente.

Ele não responde, mas volta a se colocar diante do cavalete e toma o pincel e a paleta.

*

Ela ficou maravilhosamente bem, é um retrato que não tem igual em semelhança, e parece ao mesmo tempo um ideal, tão ardentes, tão sobrenaturais, tão diabólicas, eu diria, são as cores.

O pintor simplesmente colocou no quadro todos os seus tormentos, sua adoração e sua maldição.

*

Agora pinta a mim; ficamos sozinhos por algumas horas todos os dias. Hoje ele se dirige de repente a mim com sua voz vibrante e diz:

– O senhor ama essa mulher?

– Sim.

– Também a amo.

Seus olhos se banharam em lágrimas. Calou-se por algum tempo e continuou pintando.

– Entre nós, na Alemanha, há uma montanha na qual ela habita – murmurou então lá consigo –, ela é uma criatura diabólica.

*

O quadro está pronto. Ela quis pagá-lo pela obra, generosamente, como pagam as rainhas.

– Oh, a senhora já me pagou – disse ele, recusando, com um sorriso doloroso.

Antes de partir, ele abriu misteriosamente sua pasta e me deixou dar uma olhada nela... tomei um susto. A cabeça dela me encarava, viva, por assim dizer, como de um espelho.

– Esta eu levarei comigo – disse ele –, esta é minha, esta ela não poderá me tomar, conquistei-a a um preço amargo o bastante.

*

– No fundo, tenho pena do pobre pintor – disse-me ela hoje –, é tolice ser tão virtuosa como sou. Também não achas?

Não ousei dar-lhe uma resposta.

– Oh, esqueci que falava com um escravo... Preciso sair, quero me distrair, quero esquecer. Minha carruagem, depressa!

Outra toalete fantástica: botinas russas de veludo violeta guarnecidas de arminho, um vestido do mesmo tecido sustentado e cingido por estreitas faixas e insígnias da mesma pele, um paletó combinando, curto e justo, da mesma forma ricamente guarnecido e forrado de arminho; um chapéu alto de arminho, no estilo de Catarina II, com um pequeno penacho de garça preso por um agrafe de brilhantes, os cabelos ruivos, soltos, caindo pelas costas. É assim que ela sobe à boleia e conduz ela mesma a carruagem; tomo lugar atrás dela. Como chicoteia os cavalos! A parelha voa enlouquecidamente.

É evidente que hoje ela quer chamar a atenção, quer conquistar, e consegue-o plenamente. Hoje ela é a leoa do Cascine. Cumprimentam-na das carruagens; na vereda para pedestres formam-se grupos que falam dela. Mas ela não dá atenção a ninguém, retribui aqui e ali, com um ligeiro aceno de cabeça, a saudação de algum cavalheiro de mais idade.

Então chega um jovem a todo galope num cavalo negro, esbelto e selvagem; ao ver Vanda, diminui a velocidade e o faz andar a passo... já está bem perto... para e a deixa passar, e agora ela também o vê... a leoa vê o leão. Os olhos deles se encontram... e assim que ela passa por ele a galope, não consegue se livrar do poder mágico dos olhos dele e vira a cabeça em sua direção.

Meu coração cessa de bater durante esse olhar meio admirado, meio extasiado com que ela o devora, mas ele o merece.

Ele é, por Deus, um belo homem. Não, mais, é um homem como jamais vi homem vivo. No Belvedere ele se encontra esculpido em mármore, com a mesma musculatura esbelta e, contudo, férrea, a mesma face, os mesmos cachos ao vento, e o que o torna tão peculiarmente belo é o fato de não usar barba. Se tivesse quadris menos finos, poderia ser tomado por uma mulher disfarçada, e a linha singular em torno da boca, os lábios leoninos que entremostram um pouco os dentes e dão momentaneamente ao belo rosto algo de cruel...

Apolo, que esfola Mársias.

Ele usa botas pretas de cano alto, calças justas de couro branco, um casaco curto de peles, do tipo usado pelos oficiais italianos de cavalaria, de tecido preto com guarnição de astracã e abundantes cordões, um fez vermelho sobre os cachos negros.

Agora compreendo o eros masculino e admiro a Sócrates, que, diante de semelhante Alcibíades, manteve-se virtuoso.

*

Nunca vi minha leoa tão agitada. Suas faces chamejavam quando saltou da carruagem diante da escada de sua vila, subiu apressada os degraus e, com um aceno imperioso, ordenou-me que a seguisse.

Caminhando a passos largos de um lado para o outro em seus aposentos, ela começou com uma pressa que me assustou:

– Descobrirás quem era o homem do Cascine ainda hoje, imediatamente. Oh, que homem! Viste-o? O que dizes? Fala.

– O homem é bonito – respondi indistintamente.

– É tão bonito... – ela fez uma pausa e se apoiou no encosto de uma poltrona – que me tirou o fôlego.

– Compreendo a impressão que ele te causou – respondi; minha fantasia voltou a me arrastar em selvagem turbilhão –, eu mesmo fiquei fora de mim, e consigo imaginar...

– Consegues imaginar – desatou a rir – que esse homem é meu amante e que te chicoteia e que é um gozo para ti ser por ele chicoteado. Agora vai, vai.

Antes que tivesse anoitecido eu tinha feito minha inquirição a respeito dele.

Vanda ainda estava inteiramente vestida quando voltei, deitada na otomana, o rosto enterrado nas mãos, o cabelo em desalinho, feito uma juba vermelha de leão.

– Como ele se chama? – perguntou ela com tranquilidade sinistra.

– Alexis Papadopolis.

– Um grego, portanto.

Assenti com a cabeça.

– É muito jovem?

– Pouco mais velho que tu. Diz-se que estudou em Paris e chamam-no de ateu. Lutou em Cândia contra os turcos e, segundo contam, não se destacou menos por seu ódio racial e sua crueldade do que por sua valentia.

– Ou seja, em resumo, um homem – exclamou ela com olhos cintilantes.

– Mora atualmente em Florença – prossegui –, dizem que é muito rico...

– Não perguntei sobre isso – ela me cortou a palavra rápida e mordazmente. – O homem é perigoso. Não tens medo dele? Eu tenho medo dele. Tem esposa?

– Não.

– Uma amante?

– Também não.

– Que teatro ele frequenta?

– Esta noite estará no Teatro Nicolini, onde se apresentam a genial Virginia Marini e Salvini, o maior artista vivo da Itália, talvez da Europa.

– Trata de arranjar um camarote... Depressa, depressa! – ordenou ela.

– Mas, ama...

– Queres experimentar o chicote?

*

– Podes esperar na plateia – disse ela quando depus o binóculo de teatro e o programa no peitoril do camarote e acabara de endireitar o banquinho.

E aí estou eu de pé e preciso me apoiar na parede para não desabar de inveja e de raiva – não, raiva não é a palavra para isso –, de medo mortal.

Vejo-a de vestido de chamalote azul, com o grande manto de arminho em torno dos ombros nus, em seu camarote, e ele defronte dela. Vejo como se entredevoram com os olhos, como hoje, para ambos, o palco, a *Pamela* de Goldoni, Salvini, a Marini, o público e até mesmo o mundo soçobraram... E eu, o que sou neste instante?...

*

Hoje ela vai ao baile na casa do embaixador grego. Sabe se irá encontrá-lo?

Pelo menos, vestiu-se para tanto. Um pesado vestido de seda verde-mar se ajusta esculturicamente a suas formas divinas e mostra os seios e os braços sem disfarces; no cabelo, que forma um único coque chamejante, floresce um nenúfar branco, do qual juncos verdes, mesclados a algumas tranças soltas, caem sobre a nuca. Não há mais qualquer vestígio de agitação, daquela trêmula febrilidade em seu ser; está tranquila, tão tranquila que meu sangue se congela e sinto o coração arrefecer sob seu olhar. Devagar, com cansada e indolente majestade, ela sobe os degraus de mármore, deixa seu precioso invólucro deslizar e entra negligentemente no salão, que a fumaça de cem velas encheu de névoa prateada.

Por alguns momentos, como se estivesse perdido, sigo-a com o olhar, então ajunto suas peles, que, sem que me apercebesse, tinham escapado de minhas mãos. Ainda estão quentes dos ombros dela.

Beijo o lugar e lágrimas enchem meus olhos.

*

Aí está ele.

De fino casaco de veludo negro, prodigamente debruado de zibelina escura, um belo e petulante déspota que brinca com vidas e almas humanas. Está parado no vestíbulo, olha de modo altivo em torno e deixa seus olhos pousarem sobre mim por um tempo sinistramente longo.

Sob seu olhar gélido, sou mais uma vez tomado por aquele horrendo medo mortal, o pressentimento de que esse homem pode cativá-la, deslumbrá-la, subjugá-la, e por um sentimento de vergonha diante de sua virilidade selvagem, um sentimento de inveja, de ciúme.

Sinto o quanto sou realmente o excêntrico e débil homem de intelecto! E o que é o mais ignominioso: gostaria de odiá-lo e não consigo. E como pode ser que, no enxame de serviçais, ele também tenha me descoberto, justamente a mim?

Com um movimento inimitável e nobre da cabeça, ele me acena para que me aproxime, e eu... obedeço ao seu aceno... contra a minha vontade.

– Tira meu casaco de peles – ordena ele calmamente.

Tremo de indignação da cabeça aos pés, mas obedeço, humilde feito um escravo.

*

Espero a noite toda no vestíbulo, fantasiando como se estivesse com febre. Imagens singulares passam flutuando diante de meu olho interior, vejo como se encontram – o primeiro e longo olhar –, vejo-a pairando nos braços dele através do salão, embriagada, apoiada ao peito dele, com as pálpebras semicerradas – vejo-o no santuário do amor deitado na otomana, não como escravo, mas como senhor, e ela a seus pés, vejo-me de joelhos a servi-lo, a bandeja tremer em minhas mãos e ele estender o braço para pegar o chicote. Agora os serviçais falam dele.

É um homem que se parece com uma mulher, sabe que é belo e se porta de acordo; qual uma cortesã vaidosa, troca sua toalete coquete de quatro a cinco vezes ao dia.

Em Paris, apareceu inicialmente com roupas femininas e os homens o assediaram com cartas de amor. Um cantor italiano, tão célebre por sua arte como por sua paixão, chegou a entrar em sua casa e, de joelhos diante dele, ameaçou tirar a própria vida se ele não cedesse ao cortejo.

– Lamento – respondeu ele sorrindo –, eu o indultaria com prazer, mas assim nada restaria para quando fosse preciso executar sua sentença de morte, pois sou... um homem.

*

O salão já se esvaziou significativamente... mas, ao que parece, ela ainda não pensa de forma alguma em ir embora.

A alvorada já penetra pelas venezianas.

Por fim, ouço o fru-fru de seu pesado vestido, que flui atrás dela qual verdes ondas; vem, passo a passo, em conversa com ele.

Mal existo para ela no mundo, sequer ainda se dá o trabalho de me dar uma ordem.

– O manto para a madame – ordena ele; naturalmente, nem pensa em servi-la.

Enquanto a envolvo com as peles, ele fica parado ao lado dela de braços cruzados. Mas, quando a calço, de joelhos, com as botas forradas de peles, ela apoia a mão de leve no ombro dele e pergunta:

– Como foi mesmo a história da leoa?

– Se o leão que ela escolheu, com o qual ela vive, é atacado por outro – contou o grego –, a leoa se deita tranquilamente e assiste à luta, e se seu par sucumbe, não o ajuda – com indiferença, vê-o perecer em seu sangue sob as garras do adversário e segue o vencedor, o mais forte; essa é a natureza da mulher.

Nesse momento, minha leoa olhou-me rápida e estranhamente.

Senti um calafrio, não sei por que, e a rubra luz matinal mergulhou a mim e a ela e a ele em sangue.

*

Ela não foi para a cama, mas apenas despiu a toalete do baile e soltou o cabelo; então me ordenou acender o fogo e ficou sentada junto à lareira, os olhos fixos na chama.

– Ainda precisas de mim, senhora? – perguntei, a voz falhando-me na última palavra.

Vanda balançou a cabeça.

Deixei os aposentos, atravessei a galeria e me sentei nos degraus que conduzem ao jardim. Do Arno, um ligeiro vento norte soprava um frio fresco e úmido, as colinas verdes achavam-se à distância na neblina rosada, névoa dourada pairava em torno da cidade, em torno da cúpula redonda da catedral.

No céu azul pálido ainda estremeciam algumas estrelas.

Abri meu casaco com violência e premi a testa ardente contra o mármore. Tudo o que acontecera até então me pareceu um jogo pueril; mas agora era sério, terrivelmente sério.

Eu pressentia uma catástrofe, via-a diante de mim, podia tocá-la com as mãos, mas faltava-me a coragem para impedi-la; minhas forças estavam alquebradas. E, para ser honesto, o que me apavorava não eram as dores, os sofrimentos que poderiam se abater sobre mim, não eram os maus-tratos que talvez me aguardassem.

Eu sentia medo, medo de perdê-la, de perder a quem eu amava com uma espécie de fanatismo, e esse medo era tão violento, tão esmagador que de repente comecei a soluçar feito uma criança.

*

Ela passou o dia trancada no quarto e foi servida pelas negras. Quando a estrela da tarde se inflamou no éter azul, vi-a caminhar pelo jardim e, ao segui-la cautelosamente de longe, vi-a entrar no templo de Vênus. Esgueirei-me atrás dela e olhei pela fenda da porta.

Encontrava-se diante da sublime imagem da deusa, as mãos postas como numa prece, e a luz sagrada da estrela do amor lançou seus raios azuis sobre ela.

*

À noite, em meu leito, fui tomado pelo medo de perdê-la, pelo desespero, com uma força que fez de mim um herói, um libertino. Acendi a pequena lâmpada vermelha a óleo que pende no corredor sob a imagem de um santo e, amortecendo a luz com uma mão, entrei nos aposentos dela.

A leoa fora finalmente acossada até o esgotamento, perseguida até a morte; adormecida em suas almofadas, estava deitada de costas, os punhos cerrados, e respirava pesadamente. Um sonho parecia afligi-la. Devagar, tirei a mão e deixei a cheia luz vermelha cair sobre sua magnífica face.

Mas ela não despertou.

Depus a lâmpada suavemente no chão, prostrei-me diante da cama de Vanda e deitei minha cabeça sobre seu braço macio e ardente.

Moveu-se por um instante, mas ainda assim não acordou. Não sei por quanto tempo fiquei deitado dessa maneira, no meio da noite, petrificado por terríveis tormentos.

Por fim, fui tomado por um violento tremor e consegui chorar – minhas lágrimas escorreram pelo braço dela. Estremeceu várias vezes e, por fim, levantou-se sobressaltada, passou a mão pelos olhos e olhou para mim.

– Severin! – exclamou ela, mais assustada do que zangada.

Não encontrei resposta.

– Severin – prosseguiu ela em voz baixa –, o que tens? Estás doente?

Sua voz soou tão compassiva, tão boa, tão amorosa que me agarrou o peito como se fossem tenazes incandescentes e comecei a soluçar ruidosamente.

– Severin! – recomeçou ela –, pobre e infeliz amigo – a mão dela roçou de leve meus cachos –, sinto pena, muita pena de ti, mas não posso te ajudar; apesar da melhor boa vontade, não conheço nenhum remédio para ti.

– Oh, Vanda, precisa ser assim? – suspirei em minha dor.

– O que, Severin? Do que falas?

– Não me amas mais nem um pouco? – prossegui. – Não sentes um pouco de compaixão por mim? O belo e desconhecido homem já te arrebatou completamente?

– Não posso mentir – respondeu ela com suavidade após uma breve pausa –; ele me causou uma impressão que não consigo compreender, sob a qual eu mesma sofro e estremeço, uma impressão que encontrei descrita pelos poetas, que vi no palco, mas que julgava ser uma construção da fantasia. Oh, é um homem como um leão, forte e belo e altivo e contudo delicado, não tosco como nossos homens do Norte. Tenho pena de ti, creia-me, Severin, mas tenho de possuí-lo – o que digo? –, tenho de me entregar a ele, se ele me quiser.

– Pensa em tua honra, Vanda, que até agora conservaste tão impecavelmente – exclamei –, se já não significo mais nada para ti.

– Penso nisso – respondeu ela –, quero ser forte enquanto puder, quero... – ela escondeu o rosto nas almofadas, envergonhada – quero tornar-me mulher dele... se ele me quiser.

– Vanda! – gritei, outra vez tomado daquele medo mortal que sempre me tirava o fôlego, me fazia perder os sentidos. – Queres tornar-te mulher dele, queres pertencer-lhe para sempre, oh, não me afastes de ti. Ele não te ama...

– Quem te disse isso?! – exclamou ela, inflamando-se.

– Ele não te ama – prossegui apaixonadamente –, mas eu te amo, te adoro, sou teu escravo, quero ser pisoteado por ti, carregar-te em meus braços através da vida.

– Quem te disse que ele não me ama?! – ela me interrompeu com violência.

– Oh, sê minha – implorei –, sê minha! Não posso mais estar, não posso mais viver sem ti. Tem piedade, Vanda, piedade!

Ela me olhou, e agora outra vez com aquele olhar frio e sem coração, aquele sorriso malévolo.

– Dizes que ele não me ama – disse ela zombeteiramente –; pois bem, consola-te com isso.

Ao mesmo tempo, virou-se para o outro lado, voltando-me as costas com desdém.

– Meu Deus, não és uma mulher de carne e sangue, não tens um coração como eu! – gritei, enquanto meu peito se agitava como que numa convulsão.

– Sabes bem disso – respondeu ela malevolamente –, sou uma mulher de pedra, sou *a Vênus das peles*, sou teu ideal, apenas ajoelha-te e adora-me.

– Vanda! – implorei –, piedade!

Ela começou a rir. Pressionei meu rosto contra as almofadas dela e deixei escorrerem as lágrimas em que se desfazia minha dor.

Tudo ficou em silêncio por longo tempo, então Vanda se levantou devagarinho.

– Tu me entedias – começou ela.

– Vanda!

– Estou com sono, deixa-me dormir.

– Piedade – implorei –, não me afastes de ti, homem algum te amará como eu, ninguém poderá te amar como eu.

– Deixa-me dormir – ela me voltou as costas.

Levantei de um salto, arranquei da bainha o punhal que pendia ao lado da cama dela e o coloquei contra meu peito.

– Mato-me aqui diante de teus olhos – murmurei de modo indistinto.

– Faz o que quiseres – respondeu Vanda com total indiferença –, mas deixa-me dormir.

Em seguida, bocejou sonoramente.

– Estou com muito sono.

Fiquei parado por um momento, petrificado, então comecei a rir e recomecei a chorar alto, por fim enfiei o punhal em meu cinto e me lancei outra vez de joelhos diante dela.

– Vanda... apenas me ouve, apenas mais alguns poucos instantes – pedi.

– Eu quero dormir! Não me escutas? – gritou ela furiosamente, saltou de sua cama e me afastou a pontapés –; esqueces que sou tua ama? – e quando não me mexi, ela tomou o chicote e me bateu; levantei-me... ela me atingiu mais uma vez... e, desta vez, no rosto.

– Criatura, escravo!

De punhos cerrados, erguidos para o céu, deixei, subitamente decidido, os aposentos dela. Ela lançou o chicote para o lado e estourou numa sonora gargalhada – e também consigo imaginar que, em minha atitude teatral, fui realmente cômico.

Decidido a libertar-me dessa mulher sem coração, que me tratou tão cruelmente e que agora está prestes a ainda me trair deslealmente como pagamento por minha adoração servil, por tudo o que dela aguentei, embrulho meus poucos pertences num pano e então lhe escrevo:

Minha senhora!
Amei-a como um louco, entreguei-me à senhora como jamais um homem se entregou a uma mulher, mas a senhora abusou de meus mais sagrados sentimentos e fez comigo um jogo insolente e frívolo. Porém, enquanto a senhora foi apenas cruel e desapiedada ainda consegui amá-la, mas agora a senhora está prestes a se tornar vulgar. *Não sou mais o escravo que se deixa pisotear e chicotear pela senhora. A senhora mesma me libertou, e eu abandono uma mulher a quem só consigo odiar e desprezar.*

Severin Kusiemski

Entrego essas linhas à moura e, tão rápido quanto posso, sumo dali. Sem fôlego, chego à estação de trem, quando sinto uma violenta estocada no coração... paro... começo a chorar... oh, é vergonhoso... quero fugir e não posso. Dou meia-volta... para onde?... para a casa dela... a quem detesto e adoro ao mesmo tempo.

Reflito mais uma vez. Não posso voltar. Não devo voltar.

Mas como eu deixaria Florença? Ocorre-me que afinal não tenho dinheiro, nem um tostão. Irei a pé, então, mendigar honestamente é melhor do que comer o pão de uma cortesã.

Mas não posso ir embora.

Ela tem minha palavra, minha palavra de honra. Preciso voltar. Talvez ela me dispense de cumpri-la.

Após alguns rápidos passos, estaco outra vez.

Ela tem minha palavra de honra, meu juramento de que sou escravo dela enquanto ela quiser, enquanto ela própria não me conceder a liberdade; porém, eu posso me matar.

Atravesso o Cascine e desço ao Arno, desço bastante, até o ponto em que a água amarela banha, chapinhando monotonamente, alguns salgueiros perdidos... Ali me sento e acerto minhas contas com a existência... Deixo minha vida inteira desfilar diante de mim e a acho bastante deplorável: algumas alegrias, infinitas coisas indiferentes e sem valor, em meio a isso, semeados em abundância, dores, sofrimentos, temores, decepções, esperanças malogradas, pesar, aflição e luto.

Penso em minha mãe, a quem tanto amei e vi definhar por causa de uma terrível doença; em meu irmão, que, com plenos direitos ao gozo e à felicidade, morreu na flor de sua juventude, sem sequer ter encostado os lábios no cálice da vida – pensei em minha falecida ama de leite, nos companheiros de brincadeiras de minha infância, nos amigos que comigo se esforçavam e estudavam, em todos eles, a quem cobre a terra fria, morta, indiferente; pensei em meu pombo, que, não raro, fazia reverências arrulhantes para mim em vez de fazê-las à sua fêmea – tudo pó que retornou ao pó.

Estouro numa risada e deslizo para dentro da água... mas, no mesmo instante, agarro-me a um galho de salgueiro que pende sobre as ondas amarelas... e vejo diante de mim a mulher que me desgraçou, ela paira sobre o espelho da água, trespassada pelo sol como se fosse transparente, chamas rubras em volta da cabeça e da nuca, e que me volta seu rosto e me sorri.

*

Aí estou eu outra vez, pingando, encharcado, ardendo de vergonha e de febre. A negra entregou minha carta; logo, estou condenado, perdido, nas mãos de uma mulher ofendida, sem coração.

Pois que me mate, eu, eu não consigo, e contudo não quero viver mais.

Ao contornar a casa, vejo-a parada na galeria, apoiada sobre o parapeito, o rosto na plena luz do sol, com os olhos verdes piscando.

– Ainda vives? – pergunta ela, sem se mexer.

Fico parado, mudo, a cabeça caída sobre o peito.

– Devolve-me meu punhal – prossegue ela –, assim ele não te serve de nada. Não tens sequer a coragem de tirar a própria vida.

– Não o tenho mais – replico tremendo, sacudido pelo frio.

Ela passa os olhos por mim com um olhar altivo, escarninho.

– Decerto o perdeste no Arno – ela dá de ombros –; por mim. Bem, mas por que não foste embora?

Murmurei alguma coisa, que nem ela nem eu mesmo conseguimos compreender.

– Oh, não tens dinheiro! – exclamou ela. – Aí está! – e, com um movimento indizivelmente desdenhoso, jogou-me sua bolsa.

Não a juntei.

Ambos ficamos em silêncio por longo tempo.

– Não queres ir embora, então?

– Não consigo.

*

Vanda vai ao Cascine sem mim, está no teatro sem mim, recebe convidados, a negra a serve. Ninguém pergunta por mim. Vagueio irrequietamente pelo jardim feito um animal que perdeu seu dono.

Deitado nas moitas, observo alguns pardais que lutam por uma semente.

Então ouço o fru-fru de um vestido.

Vanda se aproxima num vestido escuro de seda, pudicamente fechado até o pescoço; com ela, o grego. Encontram-se numa conversa vivaz, mas não consigo entender uma palavra. Agora ele bate o pé no chão, de tal maneira que o saibro em volta se ergue numa nuvem de poeira, e dá um golpe de chicote no ar. Vanda se assusta.

Tem medo de que a espanque?

Terão chegado a esse ponto?

*

Ele a deixou, ela o chama, ele não a ouve, não quer ouvi-la.

Vanda acena tristemente com a cabeça e senta-se no banco de pedra mais próximo; fica um longo tempo sentada, absorta em seus pensamentos. Observo-a com uma espécie de alegria maligna; por fim, recobro o ânimo com violência e me posto sardonicamente diante dela. Ela se levanta de modo brusco e treme de corpo inteiro.

– Venho apenas lhe desejar felicidades – eu digo, inclinando-me –; vejo, minha senhora, que encontrou seu amo.

– Sim, graças a Deus! – exclama ela –, nenhum novo escravo, destes já tive o bastante; um amo. A mulher precisa de um amo e o adora.

– Então o adoras, Vanda! – gritei –, esse homem tosco...

– Amo-o como nunca amei ninguém.

— Vanda! — cerrei os punhos, mas já me vieram as lágrimas, e a embriaguez da paixão se apoderou de mim, uma doce loucura. — Bem, escolhe-o, toma-o por marido, ele será teu amo, mas quero continuar sendo teu escravo enquanto eu viver.

— Queres ser meu escravo, mesmo então? — disse ela —; isso seria picante, mas receio que ele não tolerará isso.

— Ele?

— Sim, ele já está com ciúme de ti agora — exclamou ela —, ele, de ti! Exigiu-me que te dispensasse imediatamente, e quando lhe disse quem tu és...

— Tu lhe disseste... — repeti, perplexo.

— Disse-lhe tudo — respondeu ela —, contei-lhe toda a nossa história, todas as tuas peculiaridades, tudo... e ele... em vez de rir... ficou furioso e bateu com o pé no chão.

— E ameaçou bater-te?

Vanda olhou para o chão e se calou.

— Sim, sim — eu disse com amargura sarcástica —, tens medo dele. Vanda! — joguei-me aos pés dela e abracei, agitado, seus joelhos —; nada mais quero de ti, nada senão estar sempre próximo de ti, ser teu escravo!... Quero ser teu cão...

— Sabes que me entedias? — disse Vanda apaticamente.

Levantei-me num pulo. Tudo fervia em mim.

— Agora não és mais cruel, agora és vulgar! — eu disse, acentuando cada palavra nítida e asperamente.

— Isso já consta na carta do senhor — respondeu Vanda com um altivo dar de ombros —, um homem de espírito jamais deve se repetir.

– Como me tratas! – explodi –; como é que chamas isso?

– Eu poderia te castigar – respondeu ela sarcasticamente –, mas, desta vez, prefiro responder-te com razões em vez de com chicotadas. Não tens qualquer direito de me acusar; não fui sempre honesta contigo? Não te avisei mais de uma vez? Não te amei de coração, e até de paixão, e acaso te ocultei que é perigoso entregar-se a mim, rebaixar-se diante de mim, que quero ser dominada? Mas tu quiseste ser meu joguete, meu escravo! Encontraste o máximo gozo ao sentir o pé, o chicote de uma mulher petulante, cruel. O que queres agora, afinal?

"Disposições perigosas dormitavam em mim, mas apenas tu as despertaste; se agora encontro prazer em te torturar, te maltratar, tu és o único culpado, *tu* fizeste de mim o que hoje sou, e agora ainda és inviril, fraco e deplorável o bastante para *me* acusar."

– Sim, sou culpado – eu disse –, mas não sofri por isso? Dá um fim a isso, acaba com esse jogo cruel.

– É o que também quero – respondeu ela com um olhar singular, falso!

– Vanda – exclamei com veemência –, não me leves aos extremos! Vês que voltei a ser homem.

– Fogo de palha – respondeu ela –, que faz barulho por um instante e se extingue tão rápido quanto se inflamou. Acreditas intimidar-me e és apenas ridículo. Se tivesses sido o homem por quem te julguei de início, um homem sério, pensativo e severo, eu teria te amado fielmente e me tornado tua mulher. A mulher exige um homem a quem possa erguer o olhar; de um homem... como tu, que oferece... voluntariamente a nuca para que ela possa colocar o pé em cima, ela só precisa como joguete bem-vindo, e o joga fora quando dele se cansa.

– Experimenta só me jogar fora – eu disse sarcasticamente –; há joguetes que são perigosos.

– Não me desafies – gritou Vanda, e seus olhos começaram a faiscar, suas faces se enrubesceram.

– Se não puder te possuir – prossegui, com a voz sufocada de raiva –, nenhum outro te possuirá.

– De que peça de teatro é essa passagem? – zombou ela, e então me segurou na altura do peito; nesse momento, estava inteiramente pálida de fúria –; não me desafies – prosseguiu –, não sou cruel, mas eu mesma não sei até que ponto ainda posso chegar e se então ainda haverá um limite.

– O que de pior poderás me fazer do que torná-lo teu amante, teu esposo? – respondi, inflamando-me cada vez mais.

– Posso tornar-te escravo dele – respondeu ela depressa –; não estás em minhas mãos? Não tenho o contrato? Mas é claro que para ti será apenas um gozo se eu mandar te amarrar e disser para ele: "Agora faça com ele o que quiser".

– Mulher, estás louca? – gritei.

– Sou muito sensata – disse ela calmamente –; advirto-te pela última vez. Não me ofereças qualquer resistência; agora que fui tão longe, não será difícil avançar ainda mais. Sinto uma espécie de ódio por ti, eu veria com verdadeiro prazer se fosses chicoteado por ele até a morte, mas ainda me domino, ainda...

Mal ainda senhor de mim, agarrei-a pelo punho e a joguei ao chão, de modo a ficar ajoelhada diante de mim.

– Severin! – exclamou ela, e em seu rosto se desenhavam raiva e pavor.

– Mato-te se te tornares mulher dele – ameacei, os sons saíam roucos e indistintos de meu peito –, és minha, não te deixarei, amo-te demais – nisso a abracei e a apertei contra mim, e minha mão direita se estendeu involuntariamente ao punhal, que ainda estava enfiado em meu cinto.

Vanda fixou em mim um olhar longo, calmo, incompreensível.

– É assim que me agradas – disse ela serenamente –, agora és homem e sei neste momento que ainda te amo.

– Vanda... – de encantamento, comecei a chorar, curvei-me sobre ela e cobri de beijos seu rostinho encantador, e ela... irrompendo subitamente em sonora, petulante gargalhada, exclamou:

– Já tens o bastante do teu ideal agora, estás satisfeito comigo?

– O quê? – balbuciei –, não estás falando sério.

– Estou falando sério – prosseguiu ela jovialmente – quando digo que te amo, só a ti, e tu... pequeno e bom louco, não percebeste que tudo era só jogo e gracejo... e como muitas vezes foi difícil para mim dar-te uma chicotada quando bem gostaria de ter segurado tua cabeça e te enchido de beijos. Mas agora chega, não é verdade? Representei meu papel cruel melhor do que esperavas, agora decerto ficarás contente em ter tua bondosa, inteligente e também um pouco encantadora mulherzinha... não é?... Viveremos de maneira bastante sensata e...

– Serás minha mulher! – exclamei em transbordante bem-aventurança.

– Sim... tua mulher... meu querido, caro homem – sussurrou Vanda enquanto beijava minhas mãos.

Puxei-a para cima, para junto de meu peito.

– Bem... agora não és mais Gregor, meu escravo – disse ela –, agora voltas a ser meu querido Severin... meu homem...

– E ele?... Não o amas? – perguntei, exaltado.

– Como pudeste acreditar que eu amaria aquele homem tosco... mas ficaste completamente cego... receei por ti...

– Quase teria tirado minha própria vida por tua causa.

– Verdade? – exclamou ela. – Ah, ainda tremo ao pensar que já estavas no Arno!...

– Mas tu me salvaste – respondi ternamente –, pairaste sobre as águas e sorriste, e teu sorriso me chamou de volta à vida.

Tenho um sentimento curioso quando a seguro agora em meus braços e ela descansa silenciosamente em meu peito e se deixa beijar por mim e sorri; sinto como se tivesse acordado de repente de fantasias febris, ou como se fosse um náufrago que lutou por dias a fio com as vagas, que a cada momento ameaçavam devorá-lo, e por fim foi lançado em terra.

*

– Odeio esta Florença em que foste tão infeliz – disse ela quando lhe dei boa-noite –, quero partir de imediato, amanhã já; terás a bondade de escrever algumas cartas para mim e, enquanto estiveres ocupado com isso, irei à cidade e farei minhas visitas de despedida. Está bom para ti?
– Sem dúvida, minha querida, boa e bela mulher.

*

Ela bateu à minha porta logo cedo e perguntou como eu tinha dormido. A amabilidade dela é verdadeiramente encantadora, eu jamais teria imaginado que a mansidão a deixaria tão bondosa.

*

Faz mais de quatro horas que ela saiu, já terminei minhas cartas há muito e estou sentado na galeria e olho para a rua a fim de ver se não descubro a carruagem dela à distância. Fico um pouco receoso por ela e, no entanto, Deus sabe que não tenho mais motivos para dúvidas ou receios; mas isso pesa sobre meu peito e não consigo me livrar disso. Talvez sejam os sofrimentos dos dias passados que ainda lancem suas sombras em minha alma.

*

Aí está ela, radiante de felicidade, de contentamento.
– E então, correu tudo conforme teus desejos? – perguntei, beijando-lhe ternamente a mão.
– Sim, meu amor – respondeu ela –, e partimos hoje à noite; ajuda-me a fazer minhas malas.

*

Por volta do entardecer, ela me pede para que vá pessoalmente ao correio e cuide das cartas dela. Tomo a carruagem dela e estou de volta em uma hora.

– A ama perguntou pelo senhor – diz a negra sorrindo quando subo a larga escadaria de mármore.

– Esteve alguém aí?

– Ninguém – respondeu ela, e se agacha sobre os degraus feito uma gata negra.

*

Atravesso devagar o salão e agora estou diante da porta dos aposentos dela.

Por que me palpita o coração? Afinal, estou tão feliz.

Abrindo a porta sem ruído, afasto o reposteiro. Vanda está deitada na otomana, parece não me notar. Como está bonita com o vestido de seda cinza-prateado, que se aconchega traiçoeiramente a suas magníficas formas e deixa descobertos seus magníficos seios e braços. Seu cabelo foi trançado e amarrado com uma fita negra de veludo. Na lareira, flameja um fogo impetuoso, a lâmpada suspensa lança sua luz vermelha, o quarto inteiro flutua em sangue.

– Vanda! – digo por fim.

– Oh, Severin! – exclama ela alegremente –; esperei por ti com impaciência – ela se levanta de um salto e me abraça, então senta-se novamente nas opulentas almofadas e quer me puxar para junto dela; eu, entretanto, deslizo suavemente até os pés dela e deito minha cabeça em seu colo.

– Sabes que hoje estou muito apaixonada por ti? – sussurra ela e tira alguns cabelos soltos de minha testa e beija-me nos olhos. – Como são belos os teus olhos, sempre foram o que mais gostei em ti, mas hoje realmente estão me deixando embriagada. Eu derreto – ela estendeu seus magníficos membros e me piscou ternamente com seus cílios rubros. – E tu... tu estás frio... me seguras como se eu fosse um pedaço de madeira; espere só, ainda quero te deixar apaixonado! – exclamou ela e me beijou mais uma vez, me adulando e me acariciando. – Não te agrado mais, preciso ser outra vez cruel contigo, evidentemente estou sendo muito boazinha contigo hoje; sabes de uma coisa, meu doidinho, vou te chicotear um pouco...

– Mas, minha criança...

– Eu quero.

– Vanda!

– Vem, deixa eu te amarrar – prosseguiu ela e saltitou travessamente pelo quarto –, quero te ver realmente apaixonado, compreendes? Aí estão as cordas. Será que ainda consigo?

Ela começou amarrando-me os pés, então atou firmemente minhas mãos às costas e, por fim, amarrou meus braços como se eu fosse um delinquente.

– Assim – disse ela num zelo jovial –, ainda consegues te mexer?

– Não.

– Bom...

Em seguida, fez um laço com uma corda forte, jogou-o sobre minha cabeça e o fez deslizar até meus quadris, então o apertou firmemente e me amarrou à coluna.

Nesse instante, fui percorrido por um estranho calafrio.

– Tenho a sensação de que vou ser executado – eu disse baixinho.

– Hoje serás chicoteado a valer! – exclamou Vanda.

– Mas veste o casaco de peles – eu disse –, eu te peço.

– Esse deleite eu já posso te conceder – respondeu ela, buscou o casabeque e o vestiu sorrindo, então ficou parada diante de mim, os braços cruzados sobre o peito, e me contemplou com os olhos semicerrados.

– Conheces a história do boi de Dionísio? – perguntou ela.

– Recordo-me apenas vagamente; o que tem ela?

– Um cortesão inventou um novo instrumento de suplício para o tirano de Siracusa, um boi de ferro no qual o condenado à morte era trancado e posto numa imensa fogueira.

"Tão logo o boi de ferro começava a incandescer e o condenado começava a gritar em seus tormentos, suas lamúrias soavam como os berros de um boi.

"Dionísio sorriu com indulgência ao inventor e ordenou, para fazer na hora um experimento com sua obra, que este fosse o primeiro a ser trancado no boi de ferro.

"A história é muito instrutiva.

"Foste tu que me inoculaste o egoísmo, a petulância, a crueldade, e *tu serás sua primeira vítima*. Agora realmente encontro prazer em ter em meu poder, em maltratar uma pessoa que pensa e sente e quer como eu, um homem mais forte de espírito e de corpo do que eu, e, de modo bem especial, um homem que me ama. Ainda me amas?"

— Até a loucura! — exclamei.

— Tanto melhor — respondeu ela —; tanto maior será teu prazer com isso que agora farei contigo.

— O que é que tens? — perguntei —, não te compreendo, teus olhos realmente faíscam crueldade hoje e estás tão estranhamente bela... tão plenamente "Vênus das peles".

Sem responder-me, Vanda colocou os braços em torno de meu pescoço e me beijou. Nesse momento, apoderou-se de mim mais uma vez o pleno fanatismo de minha paixão.

— Bem, onde está o chicote? — perguntei.

Vanda riu e deu dois passos para trás.

— Então queres mesmo ser chicoteado? — exclamou ela, lançando a cabeça para trás de modo petulante.

— Sim.

De súbito, o rosto de Vanda se transformara por inteiro, como que desfigurado pela cólera; por um momento, até me pareceu feia.

— Pois então o chicoteie! — exclamou em alta voz.

No mesmo instante, o belo grego enfiou a cabeça de cachos negros através das cortinas da cama com dossel. De início, fiquei sem fala, atônito. A situação era medonhamente cômica, eu mesmo teria estourado numa sonora gargalhada se ela não fosse ao mesmo tempo tão desoladoramente triste, tão ignominiosa para mim.

Isso superava minha fantasia. Senti um arrepio quando meu rival saiu com suas botas de montar, sua calça branca, justa, seu apertado casaco de veludo e meu olhar recaiu sobre seus membros atléticos.

— A senhora é realmente cruel – disse ele voltando-se para Vanda.

— Sou apenas ávida de prazeres – respondeu ela com humor selvagem –, só o gozo torna a existência válida, quem goza não morre facilmente, quem sofre ou vive na indigência saúda a morte como a uma amiga; porém, quem quer desfrutar precisa levar a vida de modo jovial, no sentido da Antiguidade, não pode ter receio de regalar-se à custa dos outros, jamais pode ter piedade, precisa atrelar os outros como animais à frente de sua carruagem, de seu arado; precisa transformar em escravos pessoas que sentem, que gostariam de se deleitar como ele, explorá-las a seu serviço, para as próprias alegrias, sem remorso; não perguntar se isso também é bom para elas, não perguntar se perecem. Precisa ter sempre em vista: "Se me tivessem assim nas mãos como as tenho, fariam o mesmo comigo e eu teria de pagar seus prazeres com meu suor, meu sangue, minha alma". Assim era o mundo dos antigos, gozo e crueldade, liberdade e escravidão andaram desde sempre de mãos dadas; pessoas que querem viver qual deuses olímpicos precisam ter escravos a quem possam jogar nos tanques de peixes e gladiadores a quem ordenem pelejar durante fartos banquetes, sem se importar que um pouco de sangue respingue sobre elas.

As palavras dela me fizeram voltar completamente a mim.

— Solta-me! – gritei furiosamente.

— O senhor não é meu escravo, minha propriedade? – replicou Vanda –, preciso lhe mostrar o contrato?

— Solta-me! – ameacei aos gritos –, caso contrário... – forcei as cordas.

— Ele consegue se soltar? – perguntou ela –, pois ameaçou me matar.

— Fique tranquila – disse o grego, examinando meus grilhões.

— Gritarei por socorro – recomecei.

— Ninguém irá ouvi-lo – respondeu Vanda – e ninguém me impedirá de abusar outra vez de seus mais sagrados sentimentos e fazer com o senhor um jogo frívolo – continuou ela, repetindo com escárnio satânico as frases de minha carta a ela dirigida. – Neste momento o senhor me acha apenas cruel e desapiedada, ou estou prestes a me tornar *vulgar*? O quê? O senhor ainda me ama, ou já me odeia e me despreza? Eis o chicote – ela o estendeu ao grego, que depressa se aproximou de mim.

— O senhor não se atreva! – exclamei tremendo de indignação –, nada tolerarei do senhor...

— O senhor só acredita nisso porque não visto um casaco de peles – respondeu o grego com um sorriso frívolo, e tomou sua zibelina curta da cama.

— O senhor é magnífico! – exclamou Vanda, deu-lhe um beijo e o ajudou a vestir o casaco.

— Posso realmente chicoteá-lo? – perguntou ele.

— Faça com ele o que quiser – respondeu Vanda.

— Besta! – explodi com indignação.

O grego fixou em mim seu olhar frio de tigre e experimentou o chicote, seus músculos se intumesceram quando levantou o braço e o fez assoviar pelo ar, e eu estava amarrado como Mársias e fui obrigado a ver como Apolo se preparava para me esfolar.

Meu olhar vagueou pelo quarto e ficou preso ao teto, onde Sansão, aos pés de Dalila, é cegado pelos filisteus. O quadro me parecia nesse momento como um símbolo, uma alegoria eterna da paixão, da volúpia, do amor do homem pela mulher. Cada um de nós é no fim um Sansão, pensei, e, bem ou mal, é por fim traído pela mulher a quem ama, quer ela vista um corpete de tecido ou uma zibelina.

– Bem, observe – exclamou o grego – como irei adestrá-lo.

Ele mostrou os dentes e seu rosto assumiu aquela expressão sanguinária que, logo da primeira vez, tinha me apavorado nele.

E ele começou a me chicotear... tão implacável, tão terrivelmente que eu me encolhia a cada golpe e comecei a tremer de dor da cabeça aos pés, as lágrimas escorrendo-me pelas faces, enquanto Vanda, deitada na otomana com seu casaco de peles, observava com curiosidade cruel, apoiada no braço, e se rolava de rir.

É impossível descrever o sentimento de ser maltratado, diante de uma mulher adorada, pelo feliz rival; morri de vergonha e desespero.

E o mais ignominioso era que em minha lastimável situação, sob o chicote de Apolo e diante do riso cruel de minha Vênus, senti de início uma espécie de excitação fantástica, suprassensual, mas Apolo expulsou a poesia de mim a chicotadas, golpe a golpe, até que por fim, em raiva impotente, cerrei os dentes e amaldiçoei a mim, minha fantasia lasciva, a mulher e o amor.

Com medonha clareza, via agora, de súbito, até onde a paixão cega, a volúpia levaram o homem desde Holofernes e Agamêmnon: para o saco, para a rede da mulher traiçoeira, até a desgraça, a escravidão e a morte.

Para mim, foi como o despertar de um sonho.

Meu sangue já escorria sob o chicote dele, encolhi-me como um verme que é pisoteado, mas ele continuava a chicotear sem piedade e ela continuava a rir sem piedade enquanto fechava as malas feitas e se enfiava em suas peles de viagem, rindo ainda quando, de braço dado com ele, desceu a escada e entrou na carruagem.

Então houve um momento de silêncio.

Fiquei ouvindo, sem fôlego.

Agora a portinhola se fechava, os cavalos começaram a puxar... por mais algum tempo, o rodar da carruagem... então tudo tinha passado.

*

Por um instante, pensei em me vingar, em matá-lo, mas, no fim das contas, eu tinha me comprometido através do miserável contrato; nada me restava, portanto, senão manter minha palavra e cerrar meus dentes.

A primeira sensação depois da cruel catástrofe de minha vida foi a ânsia por fadigas, perigos e privações. Quis me tornar soldado e ir à Ásia ou a Argel, mas meu pai, que estava velho e doente, requeria minha presença.

Assim, retornei quietamente à pátria e por dois anos o ajudei a carregar suas aflições e a administrar a propriedade, e aprendi o que até então não conhecera e que agora me refrescava como um gole de água fresca: *trabalhar* e *cumprir deveres*. Depois meu pai faleceu e me tornei proprietário rural, sem que algo tivesse mudado por isso. Agora sou eu quem calça as botas espanholas, e prossigo minha vida, bem sensatamente, como se o velho estivesse parado às minhas costas e olhasse sobre meu ombro com seus olhos grandes e inteligentes.

Certo dia, chegou uma caixa acompanhada de uma carta. Reconheci a letra de Vanda.

Singularmente comovido, abri-a e li:

Meu senhor!

Agora que se passaram mais de três anos desde aquela noite em Florença posso lhe confessar mais uma vez que muito o amei. O senhor mesmo, porém, sufocou meu sentimento com sua entrega fantástica, com sua paixão insana. A partir do momento em que o senhor se tornou meu escravo senti que não poderia mais se tornar meu marido, mas achei picante tornar realidade seu ideal e, talvez – enquanto eu me divertia deliciosamente –, curá-lo.

Encontrei o homem forte de quem eu necessitava e com quem fui tão feliz quanto se pode ser sobre este cômico globo de lama.

Porém, minha felicidade, como toda felicidade humana, teve apenas curta duração. Ele sucumbiu num duelo, há mais ou menos um ano, e desde então vivo em Paris como uma Aspásia.

E o senhor?... Certamente não faltará um raio de sol em sua vida caso sua fantasia tenha perdido o domínio sobre o senhor e tiverem se destacado aquelas qualidades que de início tanto me atraíram: a clareza de pensamento, a bondade de coração e, sobretudo – a seriedade moral.

Espero que o senhor tenha se curado sob meu chicote; o tratamento foi cruel, mas radical. Como lembrança daquela época e de uma mulher que o amou apaixonadamente, envio-lhe o quadro do pobre alemão.

A Vênus das peles

Tive de sorrir, e, ao mergulhar em pensamentos, eis que de repente a bela mulher estava diante de mim com o casaco de veludo guarnecido de arminho, o chicote na mão, e continuei sorrindo por causa dela, a quem tão insanamente amei, por causa do casaco de peles, que outrora tanto me encantara, por causa do chicote, e sorri enfim por causa de minhas dores, dizendo a mim mesmo: o tratamento foi cruel, mas radical, e o principal é isto: fiquei curado.

*

– Bem, e a moral da história? – perguntei a Severin ao colocar o manuscrito sobre a mesa.

– O fato de que fui um asno – exclamou ele, sem se voltar a mim; parecia estar constrangido. – Se eu apenas a tivesse chicoteado!

– Um remédio curioso – repliquei – que pode funcionar com as tuas camponesas...

– Oh, elas estão acostumadas com isso – respondeu ele vivamente –, mas imagine o efeito no caso de nossas damas refinadas, nervosas e histéricas...

– Mas, e a moral?

– Que a mulher, como a natureza a criou e o homem atualmente a educa, é inimiga dele e só pode ser sua escrava ou sua déspota, *mas jamais sua companheira*. Isto ela só poderá ser quando tiver os mesmos direitos que ele, quando for igual a ele em formação e trabalho.

"Agora apenas temos a escolha entre ser martelo ou bigorna, e fui um asno ao fazer de mim o escravo de uma mulher, compreendes?

"Daí a moral da história: quem se deixa chicotear, chicoteado merece ser.

"Os golpes, como vês, me fizeram muito bem; a névoa rosada, suprassensual se dissipou, e, diante de mim, ninguém mais fará os macacos sagrados de Benares* ou o galo de Platão** passarem pela imagem e semelhança de Deus."

---

* É assim que Arthur Schopenhauer chama as mulheres.
** Diógenes lançou um galo depenado na academia de Platão e gritou: "Aí tendes o homem de Platão".

Coleção L&PM POCKET

600. **Crime e castigo** – Dostoiévski
601. **Mistério no Caribe** – Agatha Christie
602. **Odisseia (2): Regresso** – Homero
603. **Piadas para sempre (2)** – Visconde da Casa Verde
604. **À sombra do vulcão** – Malcolm Lowry
605(8). **Kerouac** – Yves Buin
606. **E agora são cinzas** – Angeli
607. **As mil e uma noites** – Paulo Caruso
608. **Um assassino entre nós** – Ruth Rendell
609. **Crack-up** – F. Scott Fitzgerald
610. **Do amor** – Stendhal
611. **Cartas do Yage** – William Burroughs e Allen Ginsberg
612. **Striptiras (2)** – Laerte
613. **Henry & June** – Anaïs Nin
614. **A piscina mortal** – Ross Macdonald
615. **Geraldão (2)** – Glauco
616. **Tempo de delicadeza** – A. R. de Sant'Anna
617. **Tiros na noite 2: Medo de tiro** – Dashiell Hammett
618. **Snoopy em Assim é a vida, Charlie Brown! (3)** – Schulz
619. **1954 – Um tiro no coração** – Hélio Silva
620. **Sobre a inspiração poética (Íon)** e ... – Platão
621. **Garfield e seus amigos (8)** – Jim Davis
622. **Odisseia (3): Ítaca** – Homero
623. **A louca matança** – Chester Himes
624. **Factótum** – Bukowski
625. **Guerra e Paz: volume 1** – Tolstói
626. **Guerra e Paz: volume 2** – Tolstói
627. **Guerra e Paz: volume 3** – Tolstói
628. **Guerra e Paz: volume 4** – Tolstói
629(9). **Shakespeare** – Claude Mourthé
630. **Bem está o que bem parece** – Shakespeare
631. **O contrato social** – Rousseau
632. **Geração Beat** – Jack Kerouac
633. **Snoopy: É Natal! (4)** – Charles Schulz
634. **Testemunha da acusação** – Agatha Christie
635. **Um elefante no caos** – Millôr Fernandes
636. **Guia de leitura (100 autores que você precisa ler)** – Organização de Léa Masina
637. **Pistoleiros também mandam flores** – David Coimbra
638. **O prazer das palavras** – vol. 1 – Cláudio Moreno
639. **O prazer das palavras** – vol. 2 – Cláudio Moreno
640. **Novíssimo testamento: com Deus e o diabo, a dupla da criação** – Iotti
641. **Literatura Brasileira: modos de usar** – Luís Augusto Fischer
642. **Dicionário de Porto-Alegrês** – Luís A. Fischer
643. **Clô Dias & Noites** – Sérgio Jockymann
644. **Memorial de Isla Negra** – Pablo Neruda
645. **Um homem extraordinário e outras histórias** – Tchékhov
646. **Ana sem terra** – Alcy Cheuiche
647. **Adultérios** – Woody Allen
651. **Snoopy: Posso fazer uma pergunta, professora? (5)** – Charles Schulz
652(10). **Luís XVI** – Bernard Vincent
653. **O mercador de Veneza** – Shakespeare
654. **Cancioneiro** – Fernando Pessoa
655. **Non-Stop** – Martha Medeiros
656. **Carpinteiros, levantem bem alto a cumeeira & Seymour, uma apresentação** – J.D.Salinger
657. **Ensaios céticos** – Bertrand Russell
658. **O melhor de Hagar 5** – Dik e Chris Browne
659. **Primeiro amor** – Ivan Turguêniev
660. **A trégua** – Mario Benedetti
661. **Um parque de diversões da cabeça** – Lawrence Ferlinghetti
662. **Aprendendo a viver** – Sêneca
663. **Garfield, um gato em apuros (9)** – Jim Davis
664. **Dilbert (1)** – Scott Adams
666. **A imaginação** – Jean-Paul Sartre
667. **O ladrão e os cães** – Naguib Mahfuz
669. **A volta do parafuso** *seguido de* **Daisy Miller** – Henry James
670. **Notas do subsolo** – Dostoiévski
671. **Abobrinhas da Brasilônia** – Glauco
672. **Geraldão (3)** – Glauco
673. **Piadas para sempre (3)** – Visconde da Casa Verde
674. **Duas viagens ao Brasil** – Hans Staden
676. **A arte da guerra** – Maquiavel
677. **Além do bem e do mal** – Nietzsche
678. **O coronel Chabert** *seguido de* **A mulher abandonada** – Balzac
679. **O sorriso de marfim** – Ross Macdonald
680. **100 receitas de pescados** – Sílvio Lancellotti
681. **O juiz e seu carrasco** – Friedrich Dürrenmatt
682. **Noites brancas** – Dostoiévski
683. **Quadras ao gosto popular** – Fernando Pessoa
685. **Kaos** – Millôr Fernandes
686. **A pele de onagro** – Balzac
687. **As ligações perigosas** – Choderlos de Laclos
689. **Os Lusíadas** – Luís Vaz de Camões
690(11). **Átila** – Éric Deschodt
691. **Um jeito tranquilo de matar** – Chester Himes
692. **A felicidade conjugal** *seguido de* **O diabo** – Tolstói
693. **Viagem de um naturalista ao redor do mundo** – vol. 1 – Charles Darwin
694. **Viagem de um naturalista ao redor do mundo** – vol. 2 – Charles Darwin
695. **Memórias da casa dos mortos** – Dostoiévski
696. **A Celestina** – Fernando de Rojas
697. **Snoopy: Como você é azarado, Charlie Brown! (6)** – Charles Schulz
698. **Dez (quase) amores** – Claudia Tajes
699. **Poirot sempre espera** – Agatha Christie
701. **Apologia de Sócrates** *precedido de* **Êutifron** e *seguido de* **Críton** – Platão
702. **Wood & Stock** – Angeli
703. **Striptiras (3)** – Laerte
704. **Discurso sobre a origem e os fundamentos da desigualdade entre os homens** – Rousseau
705. **Os duelistas** – Joseph Conrad
706. **Dilbert (2)** – Scott Adams

707. **Viver e escrever** (vol. 1) – Edla van Steen
708. **Viver e escrever** (vol. 2) – Edla van Steen
709. **Viver e escrever** (vol. 3) – Edla van Steen
710. **A teia da aranha** – Agatha Christie
711. **O banquete** – Platão
712. **Os belos e malditos** – F. Scott Fitzgerald
713. **Libelo contra a arte moderna** – Salvador Dalí
714. **Akropolis** – Valerio Massimo Manfredi
715. **Devoradores de mortos** – Michael Crichton
716. **Sob o sol da Toscana** – Frances Mayes
717. **Batom na cueca** – Nani
718. **Vida dura** – Claudia Tajes
719. **Carne trêmula** – Ruth Rendell
720. **Cris, a fera** – David Coimbra
721. **O anticristo** – Nietzsche
722. **Como um romance** – Daniel Pennac
723. **Emboscada no Forte Bragg** – Tom Wolfe
724. **Assédio sexual** – Michael Crichton
725. **O espírito do Zen** – Alan W.Watts
726. **Um bonde chamado desejo** – Tennessee Williams
727. **Como gostais** seguido de **Conto de inverno** – Shakespeare
728. **Tratado sobre a tolerância** – Voltaire
729. **Snoopy: Doces ou travessuras? (7)** – Charles Schulz
730. **Cardápios do Anonymus Gourmet** – J.A. Pinheiro Machado
731. **100 receitas com lata** – J.A. Pinheiro Machado
732. **Conhece o Mário?** vol.2 – Santiago
733. **Dilbert (3)** – Scott Adams
734. **História de um louco amor** seguido de **Passado amor** – Horacio Quiroga
735(11). **Sexo: muito prazer** – Laura Meyer da Silva
736(12). **Para entender o adolescente** – Dr. Ronald Pagnoncelli
737(13). **Desembarcando a tristeza** – Dr. Fernando Lucchese
738. **Poirot e o mistério da arca espanhola & outras histórias** – Agatha Christie
739. **A última legião** – Valerio Massimo Manfredi
741. **Sol nascente** – Michael Crichton
742. **Duzentos ladrões** – Dalton Trevisan
743. **Os devaneios do caminhante solitário** – Rousseau
744. **Garfield, o rei da preguiça (10)** – Jim Davis
745. **Os magnatas** – Charles R. Morris
746. **Pulp** – Charles Bukowski
747. **Enquanto agonizo** – William Faulkner
748. **Aline: viciada em sexo (3)** – Adão Iturrusgarai
749. **A dama do cachorrinho** – Anton Tchékhov
750. **Tito Andrônico** – Shakespeare
751. **Antologia poética** – Anna Akhmátova
752. **O melhor de Hagar 6** – Dik e Chris Browne
753(12). **Michelangelo** – Nadine Sautel
754. **Dilbert (4)** – Scott Adams
755. **O jardim das cerejeiras** seguido de **Tio Vânia** – Tchékhov
756. **Geração Beat** – Claudio Willer
757. **Santos Dumont** – Alcy Cheuiche
758. **Budismo** – Claude B. Levenson
759. **Cleópatra** – Christian-Georges Schwentzel
760. **Revolução Francesa** – Frédéric Bluche, Stéphane Rials e Jean Tulard
761. **A crise de 1929** – Bernard Gazier
762. **Sigmund Freud** – Edson Sousa e Paulo Endo
763. **Império Romano** – Patrick Le Roux
764. **Cruzadas** – Cécile Morrisson
765. **O mistério do Trem Azul** – Agatha Christie
768. **Senso comum** – Thomas Paine
769. **O parque dos dinossauros** – Michael Crichton
770. **Trilogia da paixão** – Goethe
773. **Snoopy: No mundo da lua! (8)** – Charles Schulz
774. **Os Quatro Grandes** – Agatha Christie
775. **Um brinde de cianureto** – Agatha Christie
776. **Súplicas atendidas** – Truman Capote
779. **A viúva imortal** – Millôr Fernandes
780. **Cabala** – Roland Goetschel
781. **Capitalismo** – Claude Jessua
782. **Mitologia grega** – Pierre Grimal
783. **Economia: 100 palavras-chave** – Jean-Paul Betbèze
784. **Marxismo** – Henri Lefebvre
785. **Punição para a inocência** – Agatha Christie
786. **A extravagância do morto** – Agatha Christie
787(13). **Cézanne** – Bernard Fauconnier
788. **A identidade Bourne** – Robert Ludlum
789. **Da tranquilidade da alma** – Sêneca
790. **Um artista da fome** seguido de **Na colônia penal e outras histórias** – Kafka
791. **Histórias de fantasmas** – Charles Dickens
796. **O Uraguai** – Basílio da Gama
797. **A mão misteriosa** – Agatha Christie
798. **Testemunha ocular do crime** – Agatha Christie
799. **Crepúsculo dos ídolos** – Friedrich Nietzsche
802. **O grande golpe** – Dashiell Hammett
803. **Humor barra pesada** – Nani
804. **Vinho** – Jean-François Gautier
805. **Egito Antigo** – Sophie Desplancques
806(14). **Baudelaire** – Jean-Baptiste Baronian
807. **Caminho da sabedoria, caminho da paz** – Dalai Lama e Felizitas von Schönborn
808. **Senhor e servo e outras histórias** – Tolstói
809. **Os cadernos de Malte Laurids Brigge** – Rilke
810. **Dilbert (5)** – Scott Adams
811. **Big Sur** – Jack Kerouac
812. **Seguindo a correnteza** – Agatha Christie
813. **O álibi** – Sandra Brown
814. **Montanha-russa** – Martha Medeiros
815. **Coisas da vida** – Martha Medeiros
816. **A cantada infalível** seguido de **A mulher do centroavante** – David Coimbra
819. **Snoopy: Pausa para a soneca (9)** – Charles Schulz
820. **De pernas pro ar** – Eduardo Galeano
821. **Tragédias gregas** – Pascal Thiercy
822. **Existencialismo** – Jacques Colette
823. **Nietzsche** – Jean Granier
824. **Amar ou depender?** – Walter Riso
825. **Darmapada: A doutrina budista em versos**
826. **J'Accuse...!** – **a verdade em marcha** – Zola
827. **Os crimes ABC** – Agatha Christie
828. **Um gato entre os pombos** – Agatha Christie
831. **Dicionário de teatro** – Luiz Paulo Vasconcellos
832. **Cartas extraviadas** – Martha Medeiros
833. **A longa viagem de prazer** – J. J. Morosoli
834. **Receitas fáceis** – J. A. Pinheiro Machado

835.(14).**Mais fatos & mitos** – Dr. Fernando Lucchese
836.(15).**Boa viagem!** – Dr. Fernando Lucchese
837.**Aline: Finalmente nua!!!** (4) – Adão Iturrusgarai
838.**Mônica tem uma novidade!** – Mauricio de Sousa
839.**Cebolinha em apuros!** – Mauricio de Sousa
840.**Sócios no crime** – Agatha Christie
841.**Bocas do tempo** – Eduardo Galeano
842.**Orgulho e preconceito** – Jane Austen
843.**Impressionismo** – Dominique Lobstein
844.**Escrita chinesa** – Viviane Alleton
845.**Paris: uma história** – Yvan Combeau
846.(15).**Van Gogh** – David Haziot
848.**Portal do destino** – Agatha Christie
849.**O futuro de uma ilusão** – Freud
850.**O mal-estar na cultura** – Freud
853.**Um crime adormecido** – Agatha Christie
854.**Satori em Paris** – Jack Kerouac
855.**Medo e delírio em Las Vegas** – Hunter Thompson
856.**Um negócio fracassado e outros contos de humor** – Tchékhov
857.**Mônica está de férias!** – Mauricio de Sousa
858.**De quem é esse coelho?** – Mauricio de Sousa
860.**O mistério Sittaford** – Agatha Christie
861.**Manhã transfigurada** – L. A. de Assis Brasil
862.**Alexandre, o Grande** – Pierre Briant
863.**Jesus** – Charles Perrot
864.**Islã** – Paul Balta
865.**Guerra da Secessão** – Farid Ameur
866.**Um rio que vem da Grécia** – Cláudio Moreno
868.**Assassinato na casa do pastor** – Agatha Christie
869.**Manual do líder** – Napoleão Bonaparte
870.(16).**Billie Holiday** – Sylvia Fol
871.**Bidu arrasando!** – Mauricio de Sousa
872.**Os Sousa: Desventuras em família** – Mauricio de Sousa
874.**E no final a morte** – Agatha Christie
875.**Guia prático do Português correto – vol. 4** – Cláudio Moreno
876.**Dilbert (6)** – Scott Adams
877.(17).**Leonardo da Vinci** – Sophie Chauveau
878.**Bella Toscana** – Frances Mayes
879.**A arte da ficção** – David Lodge
880.**Striptiras (4)** – Laerte
881.**Skrotinhos** – Angeli
882.**Depois do funeral** – Agatha Christie
883.**Radicci 7** – Iotti
884.**Walden** – H. D. Thoreau
885.**Lincoln** – Allen C. Guelzo
886.**Primeira Guerra Mundial** – Michael Howard
887.**A linha de sombra** – Joseph Conrad
888.**O amor é um cão dos diabos** – Bukowski
889.**Despertar: uma vida de Buda** – Jack Kerouac
891.(18).**Albert Einstein** – Laurent Seksik
892.**Hell's Angels** – Hunter Thompson
893.**Ausência na primavera** – Agatha Christie
894.**Dilbert (7)** – Scott Adams
895.**Ao sul de lugar nenhum** – Bukowski
896.**Maquiavel** – Quentin Skinner
897.**Sócrates** – C.C.W. Taylor
899.**O Natal de Poirot** – Agatha Christie
900.**As veias abertas da América Latina** – Eduardo Galeano
901.**Snoopy: Sempre alerta! (10)** – Charles Schulz

902.**Chico Bento: Plantando confusão** – Mauricio de Sousa
903.**Penadinho: Quem é morto sempre aparece** – Mauricio de Sousa
904.**A vida sexual da mulher feia** – Claudia Tajes
905.**100 segredos de liquidificador** – José Antonio Pinheiro Machado
906.**Sexo muito prazer 2** – Laura Meyer da Silva
907.**Os nascimentos** – Eduardo Galeano
908.**As caras e as máscaras** – Eduardo Galeano
909.**O século do vento** – Eduardo Galeano
910.**Poirot perde uma cliente** – Agatha Christie
911.**Cérebro** – Michael O´Shea
912.**O escaravelho de ouro e outras histórias** – Edgar Allan Poe
913.**Piadas para sempre (4)** – Visconde da Casa Verde
914.**100 receitas de massas light** – Helena Tonetto
915.(19).**Oscar Wilde** – Daniel Salvatore Schiffer
916.**Uma breve história do mundo** – H. G. Wells
917.**A Casa do Penhasco** – Agatha Christie
919.**John M. Keynes** – Bernard Gazier
920.(20).**Virginia Woolf** – Alexandra Lemasson
921.**Peter e Wendy** seguido de **Peter Pan em Kensington Gardens** – J. M. Barrie
922.**Aline: numas de colegial (5)** – Adão Iturrusgarai
923.**Uma dose mortal** – Agatha Christie
924.**Os trabalhos de Hércules** – Agatha Christie
926.**Kant** – Roger Scruton
927.**A inocência do Padre Brown** – G.K. Chesterton
928.**Casa Velha** – Machado de Assis
929.**Marcas de nascença** – Nancy Huston
930.**Aulete de bolso**
931.**Hora Zero** – Agatha Christie
932.**Morte na Mesopotâmia** – Agatha Christie
934.**Nem te conto, João** – Dalton Trevisan
935.**As aventuras de Huckleberry Finn** – Mark Twain
936.(21).**Marilyn Monroe** – Anne Plantagenet
937.**China moderna** – Rana Mitter
938.**Dinossauros** – David Norman
939.**Louca por homem** – Claudia Tajes
940.**Amores de alto risco** – Walter Riso
941.**Jogo de damas** – David Coimbra
942.**Filha é filha** – Agatha Christie
943.**M ou N?** – Agatha Christie
945.**Bidu: diversão em dobro!** – Mauricio de Sousa
946.**Fogo** – Anaïs Nin
947.**Rum: diário de um jornalista bêbado** – Hunter Thompson
948.**Persuasão** – Jane Austen
949.**Lágrimas na chuva** – Sergio Faraco
950.**Mulheres** – Bukowski
951.**Um pressentimento funesto** – Agatha Christie
952.**Cartas na mesa** – Agatha Christie
954.**O lobo do mar** – Jack London
955.**Os gatos** – Patricia Highsmith
956.(22).**Jesus** – Christiane Rancé
957.**História da medicina** – William Bynum
958.**O Morro dos Ventos Uivantes** – Emily Brontë
959.**A filosofia na era trágica dos gregos** – Nietzsche
960.**Os treze problemas** – Agatha Christie
961.**A massagista japonesa** – Moacyr Scliar

963. **Humor do miserê** – Nani
964. **Todo o mundo tem dúvida, inclusive você** – Édison de Oliveira
965. **A dama do Bar Nevada** – Sergio Faraco
969. **O psicopata americano** – Bret Easton Ellis
970. **Ensaios de amor** – Alain de Botton
971. **O grande Gatsby** – F. Scott Fitzgerald
972. **Por que não sou cristão** – Bertrand Russell
973. **A Casa Torta** – Agatha Christie
974. **Encontro com a morte** – Agatha Christie
975(23). **Rimbaud** – Jean-Baptiste Baronian
976. **Cartas na rua** – Bukowski
977. **Memória** – Jonathan K. Foster
978. **A abadia de Northanger** – Jane Austen
979. **As pernas de Úrsula** – Claudia Tajes
980. **Retrato inacabado** – Agatha Christie
981. **Solanin (1)** – Inio Asano
982. **Solanin (2)** – Inio Asano
983. **Aventuras de menino** – Mitsuru Adachi
984(16). **Fatos & mitos sobre sua alimentação** – Dr. Fernando Lucchese
985. **Teoria quântica** – John Polkinghorne
986. **O eterno marido** – Fiódor Dostoiévski
987. **Um safado em Dublin** – J. P. Donleavy
988. **Mirinha** – Dalton Trevisan
989. **Akhenaton e Nefertiti** – Carmen Seganfredo e A. S. Franchini
990. **On the Road – o manuscrito original** – Jack Kerouac
991. **Relatividade** – Russell Stannard
992. **Abaixo de zero** – Bret Easton Ellis
993(24). **Andy Warhol** – Mériam Korichi
995. **Os últimos casos de Miss Marple** – Agatha Christie
996. **Nico Demo: Aí vem encrenca** – Mauricio de Sousa
998. **Rousseau** – Robert Wokler
999. **Noite sem fim** – Agatha Christie
1000. **Diários de Andy Warhol (1)** – Editado por Pat Hackett
1001. **Diários de Andy Warhol (2)** – Editado por Pat Hackett
1002. **Cartier-Bresson: o olhar do século** – Pierre Assouline
1003. **As melhores histórias da mitologia: vol. 1** – A.S. Franchini e Carmen Seganfredo
1004. **As melhores histórias da mitologia: vol. 2** – A.S. Franchini e Carmen Seganfredo
1005. **Assassinato no beco** – Agatha Christie
1006. **Convite para um homicídio** – Agatha Christie
1008. **História da vida** – Michael J. Benton
1009. **Jung** – Anthony Stevens
1010. **Arsène Lupin, ladrão de casaca** – Maurice Leblanc
1011. **Dublinenses** – James Joyce
1012. **120 tirinhas da Turma da Mônica** – Mauricio de Sousa
1013. **Antologia poética** – Fernando Pessoa
1014. **A aventura de um cliente ilustre seguido de O último adeus de Sherlock Holmes** – Sir Arthur Conan Doyle
1015. **Cenas de Nova York** – Jack Kerouac
1016. **A corista** – Anton Tchékhov
1017. **O diabo** – Leon Tolstói
1018. **Fábulas chinesas** – Sérgio Capparelli e Márcia Schmaltz
1019. **O gato do Brasil** – Sir Arthur Conan Doyle
1020. **Missa do Galo** – Machado de Assis
1021. **O mistério de Marie Rogêt** – Edgar Allan Poe
1022. **A mulher mais linda da cidade** – Bukowski
1023. **O retrato** – Nicolai Gogol
1024. **O conflito** – Agatha Christie
1025. **Os primeiros casos de Poirot** – Agatha Christie
1027(25). **Beethoven** – Bernard Fauconnier
1028. **Platão** – Julia Annas
1029. **Cleo e Daniel** – Roberto Freire
1030. **Til** – José de Alencar
1031. **Viagens na minha terra** – Almeida Garrett
1032. **Profissões para mulheres e outros artigos feministas** – Virginia Woolf
1033. **Mrs. Dalloway** – Virginia Woolf
1034. **O cão da morte** – Agatha Christie
1035. **Tragédia em três atos** – Agatha Christie
1037. **O fantasma da Ópera** – Gaston Leroux
1038. **Evolução** – Brian e Deborah Charlesworth
1039. **Medida por medida** – Shakespeare
1040. **Razão e sentimento** – Jane Austen
1041. **A obra-prima ignorada seguido de Um episódio durante o Terror** – Balzac
1042. **A fugitiva** – Anaïs Nin
1043. **As grandes histórias da mitologia greco-romana** – A. S. Franchini
1044. **O corno de si mesmo & outras historietas** – Marquês de Sade
1045. **Da felicidade seguido de Da vida retirada** – Sêneca
1046. **O horror em Red Hook e outras histórias** – H. P. Lovecraft
1047. **Noite em claro** – Martha Medeiros
1048. **Poemas clássicos chineses** – Li Bai, Du Fu e Wang Wei
1049. **A terceira moça** – Agatha Christie
1050. **Um destino ignorado** – Agatha Christie
1051(26). **Buda** – Sophie Royer
1052. **Guerra Fria** – Robert J. McMahon
1053. **Simons's Cat: as aventuras de um gato travesso e comilão – vol. 1** – Simon Tofield
1054. **Simons's Cat: as aventuras de um gato travesso e comilão – vol. 2** – Simon Tofield
1055. **Só as mulheres e as baratas sobreviverão** – Claudia Tajes
1057. **Pré-história** – Chris Gosden
1058. **Pintou sujeira!** – Mauricio de Sousa
1059. **Contos de Mamãe Gansa** – Charles Perrault
1060. **A interpretação dos sonhos: vol. 1** – Freud
1061. **A interpretação dos sonhos: vol. 2** – Freud
1062. **Frufru Rataplã Dolores** – Dalton Trevisan
1063. **As melhores histórias da mitologia egípcia** – Carmem Seganfredo e A.S. Franchini
1064. **Infância. Adolescência. Juventude** – Tolstói
1065. **As consolações da filosofia** – Alain de Botton
1066. **Diários de Jack Kerouac – 1947-1954**
1067. **Revolução Francesa – vol. 1** – Max Gallo
1068. **Revolução Francesa – vol. 2** – Max Gallo
1069. **O detetive Parker Pyne** – Agatha Christie
1070. **Memórias do esquecimento** – Flávio Tavares
1071. **Drogas** – Leslie Iversen

1072. **Manual de ecologia (vol.2)** – J. Lutzenberger
1073. **Como andar no labirinto** – Affonso Romano de Sant'Anna
1074. **A orquídea e o serial killer** – Juremir Machado da Silva
1075. **Amor nos tempos de fúria** – Lawrence Ferlinghetti
1076. **A aventura do pudim de Natal** – Agatha Christie
1078. **Amores que matam** – Patricia Faur
1079. **Histórias de pescador** – Mauricio de Sousa
1080. **Pedaços de um caderno manchado de vinho** – Bukowski
1081. **A ferro e fogo: tempo de solidão (vol.1)** – Josué Guimarães
1082. **A ferro e fogo: tempo de guerra (vol.2)** – Josué Guimarães
1084(17). **Desembarcando o Alzheimer** – Dr. Fernando Lucchese e Dra. Ana Hartmann
1085. **A maldição do espelho** – Agatha Christie
1086. **Uma breve história da filosofia** – Nigel Warburton
1088. **Heróis da História** – Will Durant
1089. **Concerto campestre** – L. A. de Assis Brasil
1090. **Morte nas nuvens** – Agatha Christie
1092. **Aventura em Bagdá** – Agatha Christie
1093. **O cavalo amarelo** – Agatha Christie
1094. **O método de interpretação dos sonhos** – Freud
1095. **Sonetos de amor e desamor** – Vários
1096. **120 tirinhas do Dilbert** – Scott Adams
1097. **200 fábulas de Esopo**
1098. **O curioso caso de Benjamin Button** – F. Scott Fitzgerald
1099. **Piadas para sempre: uma antologia para morrer de rir** – Visconde da Casa Verde
1100. **Hamlet (Mangá)** – Shakespeare
1101. **A arte da guerra (Mangá)** – Sun Tzu
1104. **As melhores histórias da Bíblia (vol.1)** – A. S. Franchini e Carmen Seganfredo
1105. **As melhores histórias da Bíblia (vol.2)** – A. S. Franchini e Carmen Seganfredo
1106. **Psicologia das massas e análise do eu** – Freud
1107. **Guerra Civil Espanhola** – Helen Graham
1108. **A autoestrada do sul e outras histórias** – Julio Cortázar
1109. **O mistério dos sete relógios** – Agatha Christie
1110. **Peanuts: Ninguém gosta de mim... (amor)** – Charles Schulz
1111. **Cadê o bolo?** – Mauricio de Sousa
1112. **O filósofo ignorante** – Voltaire
1113. **Totem e tabu** – Freud
1114. **Filosofia pré-socrática** – Catherine Osborne
1115. **Desejo de status** – Alain de Botton
1118. **Passageiro para Frankfurt** – Agatha Christie
1120. **Kill All Enemies** – Melvin Burgess
1121. **A morte da sra. McGinty** – Agatha Christie
1122. **Revolução Russa** – S. A. Smith
1123. **Até você, Capitu?** – Dalton Trevisan
1124. **O grande Gatsby (Mangá)** – F. S. Fitzgerald
1125. **Assim falou Zaratustra (Mangá)** – Nietzsche
1126. **Peanuts: É para isso que servem os amigos (amizade)** – Charles Schulz
1127(27). **Nietzsche** – Dorian Astor
1128. **Bidu: Hora do banho** – Mauricio de Sousa
1129. **O melhor do Macanudo Taurino** – Santiago
1130. **Radicci 30 anos** – Iotti
1131. **Show de sabores** – J.A. Pinheiro Machado
1132. **O prazer das palavras** – vol. 3 – Cláudio Moreno
1133. **Morte na praia** – Agatha Christie
1134. **O fardo** – Agatha Christie
1135. **Manifesto do Partido Comunista (Mangá)** – Marx & Engels
1136. **A metamorfose (Mangá)** – Franz Kafka
1137. **Por que você não se casou... ainda** – Tracy McMillan
1138. **Textos autobiográficos** – Bukowski
1139. **A importância de ser prudente** – Oscar Wilde
1140. **Sobre a vontade na natureza** – Arthur Schopenhauer
1141. **Dilbert (8)** – Scott Adams
1142. **Entre dois amores** – Agatha Christie
1143. **Cipreste triste** – Agatha Christie
1144. **Alguém viu uma assombração?** – Mauricio de Sousa
1145. **Mandela** – Elleke Boehmer
1146. **Retrato do artista quando jovem** – James Joyce
1147. **Zadig ou o destino** – Voltaire
1148. **O contrato social (Mangá)** – J.-J. Rousseau
1149. **Garfield fenomenal** – Jim Davis
1150. **A queda da América** – Allen Ginsberg
1151. **Música na noite & outros ensaios** – Aldous Huxley
1152. **Poesias inéditas & Poemas dramáticos** – Fernando Pessoa
1153. **Peanuts: Felicidade é...** – Charles M. Schulz
1154. **Mate-me por favor** – Legs McNeil e Gillian McCain
1155. **Assassinato no Expresso Oriente** – Agatha Christie
1156. **Um punhado de centeio** – Agatha Christie
1157. **A interpretação dos sonhos (Mangá)** – Freud
1158. **Peanuts: Você não entende o sentido da vida** – Charles M. Schulz
1159. **A dinastia Rothschild** – Herbert R. Lottman
1160. **A Mansão Hollow** – Agatha Christie
1161. **Nas montanhas da loucura** – H.P. Lovecraft
1162(28). **Napoleão Bonaparte** – Pascale Fautrier
1163. **Um corpo na biblioteca** – Agatha Christie
1164. **Inovação** – Mark Dodgson e David Gann
1165. **O que toda mulher deve saber sobre os homens: a afetividade masculina** – Walter Riso
1166. **O amor está no ar** – Mauricio de Sousa
1167. **Testemunha de acusação & outras histórias** – Agatha Christie
1168. **Etiqueta de bolso** – Celia Ribeiro
1169. **Poesia reunida (volume 3)** – Affonso Romano de Sant'Anna
1170. **Emma** – Jane Austen
1171. **Que seja um segredo** – Ana Miranda
1172. **Garfield sem apetite** – Jim Davis
1173. **Garfield: Foi mal...** – Jim Davis
1174. **Os irmãos Karamázov (Mangá)** – Dostoiévski
1175. **O Pequeno Príncipe** – Antoine de Saint-Exupéry
1176. **Peanuts: Ninguém mais tem o espírito aventureiro** – Charles M. Schulz
1177. **Assim falou Zaratustra** – Nietzsche

1178. **Morte no Nilo** – Agatha Christie
1179. **Ê, soneca boa** – Mauricio de Sousa
1180. **Garfield a todo o vapor** – Jim Davis
1181. **Em busca do tempo perdido (Mangá)** – Proust
1182. **Cai o pano: o último caso de Poirot** – Agatha Christie
1183. **Livro para colorir e relaxar** – Livro 1
1184. **Para colorir sem parar**
1185. **Os elefantes não esquecem** – Agatha Christie
1186. **Teoria da relatividade** – Albert Einstein
1187. **Compêndio da psicanálise** – Freud
1188. **Visões de Gerard** – Jack Kerouac
1189. **Fim de verão** – Mohiro Kitoh
1190. **Procurando diversão** – Mauricio de Sousa
1191. **E não sobrou nenhum e outras peças** – Agatha Christie
1192. **Ansiedade** – Daniel Freeman & Jason Freeman
1193. **Garfield: pausa para o almoço** – Jim Davis
1194. **Contos do dia e da noite** – Guy de Maupassant
1195. **O melhor de Hagar 7** – Dik Browne
1196(29). **Lou Andreas-Salomé** – Dorian Astor
1197(30). **Pasolini** – René de Ceccatty
1198. **O caso do Hotel Bertram** – Agatha Christie
1199. **Crônicas de motel** – Sam Shepard
1200. **Pequena filosofia da paz interior** – Catherine Rambert
1201. **Os sertões** – Euclides da Cunha
1202. **Treze à mesa** – Agatha Christie
1203. **Bíblia** – John Riches
1204. **Anjos** – David Albert Jones
1205. **As tirinhas do Guri de Uruguaiana 1** – Jair Kobe
1206. **Entre aspas (vol.1)** – Fernando Eichenberg
1207. **Escrita** – Andrew Robinson
1208. **O spleen de Paris: pequenos poemas em prosa** – Charles Baudelaire
1209. **Satíricon** – Petrônio
1210. **O avarento** – Molière
1211. **Queimando na água, afogando-se na chama** – Bukowski
1212. **Miscelânea septuagenária: contos e poemas** – Bukowski
1213. **Que filosofar é aprender a morrer e outros ensaios** – Montaigne
1214. **Da amizade e outros ensaios** – Montaigne
1215. **O medo à espreita e outras histórias** – H.P. Lovecraft
1216. **A obra de arte na era de sua reprodutibilidade técnica** – Walter Benjamin
1217. **Sobre a liberdade** – John Stuart Mill
1218. **O segredo de Chimneys** – Agatha Christie
1219. **Morte na rua Hickory** – Agatha Christie
1220. **Ulisses (Mangá)** – James Joyce
1221. **Ateísmo** – Julian Baggini
1222. **Os melhores contos de Katherine Mansfield** – Katherine Mansfield
1223(31). **Martin Luther King** – Alain Foix
1224. **Millôr Definitivo: uma antologia de *A Bíblia do Caos*** – Millôr Fernandes
1225. **O Clube das Terças-Feiras e outras histórias** – Agatha Christie
1226. **Por que sou tão sábio** – Nietzsche
1227. **Sobre a mentira** – Platão
1228. **Sobre a leitura *seguido do* Depoimento de Céleste Albaret** – Proust
1229. **O homem do terno marrom** – Agatha Christie
1230(32). **Jimi Hendrix** – Franck Médioni
1231. **Amor e amizade e outras histórias** – Jane Austen
1232. **Lady Susan, Os Watson e Sanditon** – Jane Austen
1233. **Uma breve história da ciência** – William Bynum
1234. **Macunaíma: o herói sem nenhum caráter** – Mário de Andrade
1235. **A máquina do tempo** – H.G. Wells
1236. **O homem invisível** – H.G. Wells
1237. **Os 36 estratagemas: manual secreto da arte da guerra** – Anônimo
1238. **A mina de ouro e outras histórias** – Agatha Christie
1239. **Pic** – Jack Kerouac
1240. **O habitante da escuridão e outros contos** – H.P. Lovecraft
1241. **O chamado de Cthulhu e outros contos** – H.P. Lovecraft
1242. **O reino de Meu reino por um cavalo!** – Edição de Ivan Pinheiro Machado
1243. **A guerra dos mundos** – H.G. Wells
1244. **O caso da criada perfeita e outras histórias** – Agatha Christie
1245. **Morte por afogamento e outras histórias** – Agatha Christie
1246. **Assassinato no Comitê Central** – Manuel Vázquez Montalbán
1247. **O papai é pop** – Marcos Piangers
1248. **O papai é pop 2** – Marcos Piangers
1249. **A mamãe é rock** – Ana Cardoso
1250. **Paris boêmia** – Dan Franck
1251. **Paris libertária** – Dan Franck
1252. **Paris ocupada** – Dan Franck
1253. **Uma anedota infame** – Dostoiévski
1254. **O último dia de um condenado** – Victor Hugo
1255. **Nem só de caviar vive o homem** – J.M. Simmel
1256. **Amanhã é outro dia** – J.M. Simmel
1257. **Mulherzinhas** – Louisa May Alcott
1258. **Reforma Protestante** – Peter Marshall
1259. **História econômica global** – Robert C. Allen
1260(33). **Che Guevara** – Alain Foix
1261. **Câncer** – Nicholas James
1262. **Akhenaton** – Agatha Christie
1263. **Aforismos para a sabedoria de vida** – Arthur Schopenhauer
1264. **Uma história do mundo** – David Coimbra
1265. **Ame e não sofra** – Walter Riso
1266. **Desapegue-se!** – Walter Riso
1267. **Os Sousa: Uma família do barulho** – Mauricio de Sousa
1268. **Nico Demo: O rei da travessura** – Mauricio de Sousa
1269. **Testemunha de acusação e outras peças** – Agatha Christie
1270(34). **Dostoiévski** – Virgil Tanase

1271. **O melhor de Hagar 8** – Dik Browne
1272. **O melhor de Hagar 9** – Dik Browne
1273. **O melhor de Hagar 10** – Dik e Chris Browne
1274. **Considerações sobre o governo representativo** – John Stuart Mill
1275. **O homem Moisés e a religião monoteísta** – Freud
1276. **Inibição, sintoma e medo** – Freud
1277. **Além do princípio de prazer** – Freud
1278. **O direito de dizer não!** – Walter Riso
1279. **A arte de ser flexível** – Walter Riso
1280. **Casados e descasados** – August Strindberg
1281. **Da Terra à Lua** – Júlio Verne
1282. **Minhas galerias e meus pintores** – Kahnweiler
1283. **A arte do romance** – Virginia Woolf
1284. **Teatro completo v. 1: As aves da noite** *seguido de* **O visitante** – Hilda Hilst
1285. **Teatro completo v. 2: O verdugo** *seguido de* **A morte do patriarca** – Hilda Hilst
1286. **Teatro completo v. 3: O rato no muro** *seguido de* **Auto da barca de Camiri** – Hilda Hilst
1287. **Teatro completo v. 4: A empresa** *seguido de* **O novo sistema** – Hilda Hilst
1289. **Fora de mim** – Martha Medeiros
1290. **Divã** – Martha Medeiros
1291. **Sobre a genealogia da moral: um escrito polêmico** – Nietzsche
1292. **A consciência de Zeno** – Italo Svevo
1293. **Células-tronco** – Jonathan Slack
1294. **O fim do ciúme e outros contos** – Proust
1295. **A jangada** – Júlio Verne
1296. **A ilha do dr. Moreau** – H.G. Wells
1297. **Ninho de fidalgos** – Ivan Turguêniev
1298. **Jane Eyre** – Charlotte Brontë
1299. **Sobre gatos** – Bukowski
1300. **Sobre o amor** – Bukowski
1301. **Escrever para não enlouquecer** – Bukowski
1302. **222 receitas** – J. A. Pinheiro Machado
1303. **Reinações de Narizinho** – Monteiro Lobato
1304. **O Saci** – Monteiro Lobato
1305. **Memórias da Emília** – Monteiro Lobato
1306. **O Picapau Amarelo** – Monteiro Lobato
1307. **A reforma da Natureza** – Monteiro Lobato
1308. **Fábulas** *seguido de* **Histórias diversas** – Monteiro Lobato
1309. **Aventuras de Hans Staden** – Monteiro Lobato
1310. **Peter Pan** – Monteiro Lobato
1311. **Dom Quixote das crianças** – Monteiro Lobato
1312. **O Minotauro** – Monteiro Lobato
1313. **Um quarto só seu** – Virginia Woolf
1314. **Sonetos** – Shakespeare
1315(35). **Thoreau** – Marie Berthoumieu e Laura El Makki
1316. **Teoria da arte** – Cynthia Freeland
1317. **A arte da prudência** – Baltasar Gracián
1318. **O louco** *seguido de* **Areia e espuma** – Khalil Gibran
1319. **O profeta** *seguido de* **O jardim do profeta** – Khalil Gibran
1320. **Jesus, o Filho do Homem** – Khalil Gibran
1321. **A luta** – Norman Mailer
1322. **Sobre o sofrimento do mundo e outros ensaios** – Schopenhauer
1323. **Epidemiologia** – Rodolfo Sacacci
1324. **Japão moderno** – Christopher Goto-Jones
1325. **A arte da meditação** – Matthieu Ricard
1326. **O adversário secreto** – Agatha Christie
1327. **Pollyanna** – Eleanor H. Porter
1328. **Espelhos** – Eduardo Galeano
1329. **A Vênus das peles** – Sacher-Masoch
1330. **O 18 de brumário de Luís Bonaparte** – Karl Marx
1331. **Um jogo para os vivos** – Patricia Highsmith
1332. **A tristeza pode esperar** – J.J. Camargo
1333. **Vinte poemas de amor e uma canção desesperada** – Pablo Neruda
1334. **Judaísmo** – Norman Solomon
1335. **Esquizofrenia** – Christopher Frith & Eve Johnstone
1336. **Seis personagens em busca de um autor** – Luigi Pirandello
1337. **A Fazenda dos Animais** – George Orwell
1338. **1984** – George Orwell
1339. **Ubu Rei** – Alfred Jarry
1340. **Sobre bêbados e bebidas** – Bukowski
1341. **Tempestade para os vivos e para os mortos** – Bukowski
1342. **Complicado** – Natsume Ono
1343. **Sobre o livre-arbítrio** – Schopenhauer
1344. **Uma breve história da literatura** – John Sutherland
1345. **Você fica tão sozinho às vezes que até faz sentido** – Bukowski
1346. **Um apartamento em Paris** – Guillaume Musso
1347. **Receitas fáceis e saborosas** – José Antonio Pinheiro Machado
1348. **Por que engordamos** – Gary Taubes
1349. **A fabulosa história do hospital** – Jean-Noël Fabiani
1350. **Voo noturno** *seguido de* **Terra dos homens** – Antoine de Saint-Exupéry
1351. **Doutor Sax** – Jack Kerouac
1352. **O livro do Tao e da virtude** – Lao-Tsé
1353. **Pista negra** – Antonio Manzini
1354. **A chave de vidro** – Dashiell Hammett
1355. **Martin Eden** – Jack London
1356. **Já te disse adeus, e agora, como te esqueço?** – Walter Riso
1357. **A viagem do descobrimento** – Eduardo Bueno
1358. **Náufragos, traficantes e degredados** – Eduardo Bueno
1359. **Retrato do Brasil** – Paulo Prado
1360. **Maravilhosamente imperfeito, escandalosamente feliz** – Walter Riso
1361. **É...** – Millôr Fernandes
1362. **Duas tábuas e uma paixão** – Millôr Fernandes
1363. **Selma e Sinatra** – Martha Medeiros
1364. **Tudo que eu queria te dizer** – Martha Medeiros
1365. **Várias histórias** – Machado de Assis
1366. **A sabedoria do Padre Brown** – G. K. Chesterton
1367. **Capitães do Brasil** – Eduardo Bueno
1368. **O falcão maltês** – Dashiell Hammett
1369. **A arte de estar com a razão** – Arthur Schopenhauer
1370. **A visão dos vencidos** – Miguel León-Portilla

lepmeditores
www.lpm.com.br
o site que conta tudo

IMPRESSÃO:

PALLOTTI
GRÁFICA

Santa Maria - RS | Fone: (55) 3220.4500
www.graficapallotti.com.br